CONTE *verlag*

Lilo Beil

In kindlicher Liebe

Kriminalroman

Lilo Beil

CONTE

Bibliografische Information der Deutschen Nationalbibliothek
Die Deutsche Nationalbibliothek verzeichnet diese Publikation in der Deutschen Nationalbibliografie; detaillierte bibliografische Daten sind im Internet über http://dnb.d-nb.de abrufbar.

ISBN 978-3-95602-135-0

Am Rech 14
66386 St. Ingbert
Tel: (0 68 94) 166 41 63
Fax: (0 68 94) 166 41 64
E-Mail: info@conte-verlag.de
Verlagsinformationen im Internet unter www.conte-verlag.de

Lektorat: Jessica Philippi
Umschlag und Satz: Markus Dawo
Umschlagabbildung: »Nachtmahr« von Johann Heinrich Füssli, via Wikimedia Commons
Druck und Bindung: Faber, Mandelbachtal

»In time we hate that which we often fear.«

»Wir hassen bald, was oft uns Furcht erregt.«

William Shakespeare
Antonius und Cleopatra, Akt I, Szene 3

1. Kapitel | Der Nachtmahr

Charlotte Rapp war fest entschlossen, aus diesem ungewöhnlich kalten, herbstlich anmutenden Tag Ende April das Beste zu machen.

Ihr Blick ging vom Frühstückstisch zu der noch österlichen Dekoration ihres Wohnzimmers hinaus zur Terrasse, doch was sie sah, war nicht angetan, sie fröhlich zu machen. Ihre geliebten Glyzinien, die seit wenigen Tagen in üppigen, hellblauen Trauben die Laube geschmückt hatten, waren dem Frost der vergangenen Nacht zum Opfer gefallen und hingen in schwarzen dürren Lappen an den gewundenen Ästen. Eine Biene umsurrte eines dieser tristen Gebilde und flog enttäuscht davon. In dieser toten Pflanze war kein Nektar mehr zu finden.

Das ausgiebige Frühstück mit anschließender Zeitungslektüre, für die Pensionärin Charlotte eine unverzichtbare Zeremonie, war heute weniger genussvoll als sonst ausgefallen. Überhaupt wurden neuerdings, wie ihr schien, die Pressemeldungen immer negativer. Daran änderte auch das ausnahmsweise nette Foto auf der ersten Seite wenig, das einen freundlichen Mann mit zwei Eseln bei einer Eselswanderung im Pfälzer Wald zeigte. Ein Stück schöne heile Welt, wo sonst das geballte Elend der Welt zu sehen war.

Die Überschrift »Entschleunigung mit Langohren« setzte einen positiven Kontrapunkt zu den grässlichen Bildern von Terror, Krieg und Verwüstung, die den Leser gewöhnlich erwarteten.

Dieser 18. April 2017 bot einen Artikel über die berühmt-berüchtigte Odenwaldschule in Oberhambach bei Heppenheim, die nun als familienfreundliche Wohnsiedlung die Vergangenheit mit ihren schrecklichen Missbrauchsfällen vergessen machen sollte. Dann gab es noch einen großen Bericht über das traditionelle Bensheimer Karfreitags-Passionsspiel, das als erschütternder Kreuzweg voller Symbolik und Tiefe auch dieses Jahr wieder mehr als tausend Zuschauer angezogen hatte.

Das Rätselraten um den Tod einer jungen Frau, die in Darmstadt abends auf offener Straße um Hilfe gerufen hatte und von herbeieilenden Anwohnern sterbend aufgefunden worden war, beschäftigte Charlotte sehr. Die Polizei verweigerte aus »ermittlungstechnischen Gründen« die Angabe der Art der Verletzungen des Opfers und die näheren Umstände der Tat. Ob es sich um ein Verbrechen handelte?

Charlotte, die eigentlich keine Grüblerin und eher dem Augenblick zugetan war, ertappte sich immer öfter dabei, dass fremde Schicksale sie lange und anhaltend berührten. Das Foto eines vom Hunger gezeichneten Kleinkinds aus dem Süd-Sudan, das ihr mit übergroßen Augen direkt ins Herz zu blicken schien, löste in ihr den Entschluss aus, gleich nach dem Frühstück für UNICEF zu spenden. Gewissensberuhigung, dachte sie, aber besser dieser Tropfen auf einen heißen Stein als gar nichts.

Sie blätterte weiter. Im Feuilleton blieb sie an einem interessanten Artikel über eine Ausstellung des schweizerisch-englischen Malers Johann Heinrich Füssli im Frankfurter Goethehaus hängen, der im Stil der Schauerromantik faszinierende Kunstwerke geschaffen hatte.

Das Gemälde *Der Nachtmahr* mit dem zurückgebeugten Körper einer weißgekleideten jungen Frau und dem bedrohlichen Kobold, der auf ihr sitzt, und dem gespenstischen Pferdekopf, der aus dem Hintergrund in die Szene hineinragt, war Charlotte, der ehemaligen Lehrerin für Englisch und Kunst, wohlbekannt. Sie hatte ihren

Schülern dieses Kunstwerk gerne gezeigt, wenn Shakespeares Dramen durchgenommen wurden. Ein wenig glich diese von Alpträumen geplagte Schöne ganz in Weiß Shakespeares Heldin Desdemona, die von ihrem krankhaft eifersüchtigen Ehemann Othello getötet wird. Füssli hatte mit seiner schaurig-schönen Kunst die Werke von Shakespeare und Milton illustriert und die moderne Psychoanalyse vorweggenommen.

Charlotte musste ein wenig lächeln, wenn sie daran dachte, dass die Engländer den Namen Füssli aussprachen wie »Fjusli«. Kein Wunder, denn der Schweizer war schon in jungen Jahren nach England ausgewandert, wo er als Henry Fuseli berühmt wurde.

Warum kommt mir gerade Desdemona in den Sinn, fragte sich Charlotte. Othello, Desdemona und das Motiv der Eifersucht.

Ach natürlich, es hing mit Sophie zusammen. Mit Sophie und ihren ewigen Beziehungsdramen. Sophie, Charlottes geliebter Nichte, die der Tante in vielem glich, und das nicht nur äußerlich, sondern auch, was Charakter und Interessen betraf.

Den schönen Künsten zugetan, war Sophie, die als Restauratorin am Museum Speyer gearbeitet hatte, vor einem halben Jahr nach Bensheim an der Bergstraße gezogen, wo sie nun als Freischaffende tätig war und begann, sich einen Kundenkreis aufzubauen. Ein mutiges und mühsames Unterfangen, sich selbständig zu machen, aber Sophies Ausdauer, ihr Selbstbewusstsein und ihre berufliche Kompetenz waren gute Voraussetzungen dafür, dass sie ihren Weg machen würde. Schön, dass die geliebte Nichte nun in ihrer Nähe wohnte.

Charlotte dachte, während sie genüsslich ihren Kaffee trank, weiter über Sophie nach, deren privates Glück leider zu wünschen übrig ließ. Nach einer ebenso kurzen wie gescheiterten Ehe war Sophie in eine Liaison hineingeraten, die sich als Desaster entpuppt hatte.

Boris Maiwald war ein verheirateter Mann und Vater von zwei Kindern. Er führte ein Doppelleben zwischen seiner kleinen

Familie in Berlin und in Süddeutschland, wo er arbeitete und mit Sophie ein Liebesverhältnis unterhielt. Die sonst so kluge Sophie war gutgläubig und blind verliebt auf einen Schwindler hereingefallen. Charlotte verglich ihr eigenes privates Glück mit dem permanenten Liebespech ihrer Nichte, die sich nun, mit 42 Jahren, fragen musste, ob ihr Lebensmuster darin bestand, immer wieder an den Falschen zu geraten.

Seit geraumer Zeit nun war von einem Torsten Blessing die Rede gewesen, aber die Tante hatte bisher den neuen Liebhaber ihrer Nichte noch nicht zu Gesicht bekommen.

Gestern hatte Sophie bei Charlotte angerufen und sie mit der Mitteilung überrascht: »Tante Charlotte, ich habe mit Torsten Schluss gemacht. Frag mich bitte nicht, warum. Du würdest es nicht glauben.«

Charlottes spontanes Angebot, sogleich zu Sophie zu fahren und ihr in der neuerlichen Krise beizustehen, war von der Nichte ungewohnt barsch abgelehnt worden: »Ach, ich bereue es schon, dich da reingezogen zu haben. Mir kann eh keiner helfen.«

Und sie hatte aufgelegt.

Schade, dass Ferdinand nicht schon wieder hier ist, dachte Charlotte. Er ist so praktisch, diplomatisch und klug und in schwierigen Situationen so bedacht. Aber er hat seinen Urlaub nach all den schwierigen Jahren als Kripochef mehr als verdient.

Charlottes Gedanken gingen zurück zu den zwei gemeinsamen Wochen mit ihrem Lebensgefährten auf Norderney: Radtouren durch die Dünen, zum großen Leuchtturm und auf den Deichwegen. Ausflüge zu den Stränden und zur alten Mühle. Das Verweilen im Café auf der romantischen Marienhöhe, wo Heinrich Heine sein wunderschönes Gedicht »Am Meer« während seines Aufenthalts auf der Insel verfasst haben soll.

Der frisch gebackene Rentner, wie Ferdinand Guldner sich nannte, genoss die entschleunigte Zeit.

»Nie wieder ein Verbrecher, nie wieder schwere Jungs, Mörder und Psychopathen, nie wieder ...«, wiederholte er mantrahaft, als wolle er damit die Schrecken der Vergangenheit für immer bannen.

Nach den zwei Wochen harmonischer Gemeinsamkeit war dann aber doch eine kleine Meinungsverschiedenheit eingetreten. Ferdinand, der auf der Heimfahrt seinen Neffen Alexander Hansen in Bremen besuchen wollte, versuchte Charlotte zu überreden, nicht gleich von Norderney aus heimzufahren, sondern mit ihm zusammen die geplanten vier Tage bei Alexander zu verbringen.

»Gerne wäre ich mitgekommen und hätte mit dir einen Ausflug nach Worpswede gemacht. Wir hätten das Haus Barkenhoff von Heinrich Vogeler besucht und sein Haus am Schluh in Fischerhude, oder wir wären auf den Spuren von Otto Modersohn und Paula Modersohn-Becker gewandelt. Aber meine Tiere brauchen mich. Puck und Luna haben nun lange genug auf mich verzichten müssen.«

Schließlich musste Ferdinand einsehen, dass seine Lebensgefährtin sich nach der zweiwöchigen Abwesenheit nach ihrer Katze und ihrem Hund sehnte.

Alma Schäfer, die Nachbarin, hatte zwar die Tiere bestens versorgt, doch Mischlingshund Puck kam allmählich in die Jahre und wurde immer anhänglicher und ein wenig sonderlich, und Katze Luna mit ihrem lahmen Beinchen brauchte ebenfalls viel Zuwendung.

Beide lagen nun, während Charlotte ihre letzte Tasse Kaffee austrank und die Zeitung zusammenfaltete, einträchtig im Hundekorb. Seit Katze Lakritze vor einem halben Jahr gestorben war, rückten die beiden immer mehr zusammen und straften das Klischee von der Feindseligkeit zwischen Hund und Katz Lügen.

Meine beiden schwarzen Ungeheuer, dachte Charlotte zufrieden. Ich möchte euch nicht missen, zumal Ferdinand erst in drei Tagen zurück ist. Er hatte seinen Aufenthalt beim Neffen verlängert.

Bevor sie die Zeitung weglegte, fiel ihr Blick noch mal auf den Artikel: »Ein Bild gewordener Alptraum mit Folgen«, mit dem

Foto des Füssli-Gemäldes *Der Nachtmahr. A nightmare*, wie die Engländer sagten. Gruselig, dieses Gemälde, dabei so genial. Welcher Alptraum hat nur meine Nichte Sophie bewogen, mit Torsten Blessing Schluss zu machen, fragte sich Charlotte beim Abräumen des Frühstückstisches.

Bevor sie aus dem Haus ging, um ihre Einkaufsrunde in Birkenbach zu drehen, rief sie beim Kartenservice ihrer Tageszeitung »Weinheimer Nachrichten« an und bestellte zwei Karten für den Liederabend am 6. Mai im Rahmen der Schwetzinger Festspiele. Das war ein Samstag. Schade, dass das Repertoire keine Vertonung eines Heine-Gedichts enthielt. Man kann nicht alles haben, seufzte Charlotte innerlich. Petrarca, Goethe, Hölderlin haben schließlich auch ganz schön gedichtet. Und mit einem Lächeln auf den Lippen ging sie die Stufen hinab.

Beim Hinaustreten auf die Terrasse fiel Charlottes Blick auf die tot und schwärzlich von den Ästen baumelnden erfrorenen Glyziniendolden.

Trotzig dachte sie: Nein, ich weigere mich, in diesen Blütenleichen eine unheilvolle Symbolik zu sehen.

Und sie stieg in ihr Auto.

2. Kapitel | Der Anruf

Sophie wunderte sich manchmal, weshalb sie den Namen ihres geschiedenen Mannes beibehalten hatte. Die Ehe mit Sven Dahm war eine kurze und schmerzvolle Erfahrung gewesen. Eine Zeit voller Lügen und falscher Schwüre. Eine Zeit der Hinterhältigkeit, der Demütigungen und der seelischen Verletzungen. Eine Zeit, die zum Glück lange vorbei war.

Dennoch konnte sich Sophie von dem Namen nicht trennen. Sie lachte ein wenig bitter auf. Hing es mit dem Klang zusammen? Sophie Dahm, das passte zu ihr, eine Mischung aus dem Mädchennamen Sophie mit dem nostalgisch-verträumten Flair und dem pragmatisch-kurzen Nachnamen. So sah sie sich selbst: ein Mischwesen aus Romantik und Pragmatismus. Realitätssinn gepaart mit einer gehörigen Portion Spiritualität. Keiner ihrer jeweiligen Partner, ihrer »Verflossenen«, hatte dies je erkannt.

War es ihr Fehler, dass sie offenbar anders wirkte auf das andere Geschlecht, als sie wirklich war? Ob sie die falschen Signale aussandte, bewusst oder unbewusst? Sie konnte noch so sehr darüber grübeln, stets kam sie zu der fatalen Erkenntnis: Es ist mein Lebensmuster, an die falschen Männer zu geraten. Eine schmerzliche, unabänderliche Erfahrung.

Mit Torsten, dachte sie, sei alles anders geworden. Doch dann dieser Alptraum. Mit allem hatte sie gerechnet, nur nicht damit. Das Telefon schrillte und riss sie jäh aus ihren Gedanken. Eine ihr unbekannte Männerstimme flüsterte: »Es gibt kein Entrinnen. Du steckst mittendrin.«

Es klickte am anderen Ende der Leitung. Der unheimliche Anrufer hatte aufgelegt. Sophie merkte, wie sie am ganzen Körper zitterte. Telefonterror? Davon hatte sie gelesen, und eine Kollegin war vor Jahren von einem anonymen Anrufer belästigt worden, der Obszönitäten ins Telefon gehaucht hatte, über Wochen hinweg. Die Kollegin hatte zuerst Strafanzeige gegen Unbekannt erstatten wollen, sich dann aber doch dagegen entschieden.

»Jeden Tag werden unzählige Frauen mit solchen Anrufen belästigt«, hatte sie gesagt. »Die Polizei hat anderes zu tun, als solchen Fällen nachzugehen. Das ist doch für die eine Bagatelle.«

Es gab solchen Telefonterror in der Realität und in Filmen, doch ihr eigenes Leben verlief in ruhigen Bahnen, wenn man absah von den Turbulenzen, die immer mal wieder, meist für kurze Zeit, die falschen Partner in ihr Leben hineinbrachten. Und die Sache mit Torsten war vorbei. Sie selbst hatte dieses Kapitel ein für alle Mal beendet.

Er war gegangen, verständnislos, achselzuckend. Aber er hatte ihren Entschluss, die Beziehung abzubrechen, akzeptiert. Es gab keinen Einspruch, keine Widerrede, noch nicht einmal den Versuch, sie durch Argumente umzustimmen. Eine fast unheimlich wirkende Resignation ließ ihn einfach aufstehen und ihre Wohnung verlassen. Warum nur hatte er ihr hinterherspioniert? Warum nur diesen albernen Privatdetektiv angeheuert, den sie enttarnt hatte? Sagt man so? Es war wie in einem dieser Filme. Es gab einige Folgen der Serie um ihren geliebten Inspektor Columbo, in denen Ehefrauen oder Ehemänner von ihren jeweils eifersüchtigen Partnern bespitzelt wurden. Glaubhaft in einem Film. Lächerlich im richtigen Leben. Vor allem in ihrem Leben, wo es keinerlei Grund zur Eifersucht gab. Es gab keinen Nachfolger für Torsten Blessing. Ihr Entschluss, die Beziehung zu beenden, hatte nichts mit einem Nebenbuhler zu tun.

Gedankenverloren schlenderte Sophie in die Küche, ging zum Kühlschrank, holte sich Butter, Goudakäse und eingelegte Tomaten, schnitt sich eine große Scheibe altdeutsches Bauernbrot ab und legte alles auf einen großen Teller. Nachtwandlerisch trug sie alles an den Esstisch in der kleinen Nische des Wohnzimmers ihrer gemütlichen Altbauwohnung in der malerischen Kleinstadt Bensheim an der hessischen Bergstraße, wo sie sich mittlerweile gut eingelebt hatte und sich pudelwohl fühlte. In Krisensituationen aß sie gerne und ungestraft, denn nichts setzte bei ihr an. Sie wurde von vielen ihrer Geschlechtsgenossinnen beneidet, die Kummerspeck ansetzten, wenn sie ihre seelischen Nöte und ihren Frust mit lukullischen Genüssen zu kompensieren versuchten. Frauen, die schon zunahmen, wenn sie eine Torte nur ansahen.

Sophie schaute aus dem Fenster. Auf der gegenüberliegenden Straßenseite ging ein Pärchen eng umschlungen zu einem geparkten grünen Skoda. Sie sahen fast grotesk aus: die sehr dicke junge Frau in enganliegenden Leggings, welche die überflüssigen Pfunde höchst unvorteilhaft betonten, zumal das üppig vorquellende Fleisch über und über tätowiert war, und der schmächtige junge Mann, der ebenfalls mit Tattoos übersät und der Partnerin um eine Haupteslänge unterlegen war. Grotesk, ja, aber sie waren ein Paar, vielleicht sogar ein glückliches obendrein.

Ein altes, sehr altes Ehepaar kam aus der Gegenrichtung um die Ecke gebogen. Die beiden hielten sich an der Hand, als wollten sie sich gegenseitig stützen in dieser widrigen Welt. Beide waren sichtlich gehbehindert und watschelten schwerfällig daher. Ihr fiel der volkstümliche Spruch ein: *Jedes Töpfchen findet sein Deckelchen.*

Warum machte sie selbst eine Ausnahme?

Was ist nur falsch mit mir, dachte Sophie, während sie die beiden Paare mit Blicken verfolgte. Warum gibt es keine Stütze für mich? Sie sinnierte über Tante Charlotte und ihren Lebensgefährten Ferdinand Guldner nach, das späte Liebespaar. Sie gönnte den beiden ihr Glück.

Das Telefon schrillte.

Sophie blieb wie angewurzelt sitzen. Sie belegte sich demonstrativ ein zweites Brot, holte sich aus dem Kühlschrank zwei gefärbte Eier, Überbleibsel vom letzten Sonntag, dem Ostersonntag.

Die beiden Paare draußen auf der Straße waren verschwunden. Eine Frau um die sechzig, schwer beladen mit Einkaufstüten, bewegte sich langsamen Schritts und mit gesenktem Kopf auf dem Trottoir.

Die sieht einsam aus, dachte Sophie. Das bin ich in zwanzig oder dreißig Jahren.

Sie biss in ein mit Salz bestreutes Osterei.

Das Telefon schrillte wieder.

Sophie schaute nach draußen zum weißen Fliederstrauch im Garten des gegenüberliegenden Art déco-Hauses, das mit seiner Loggia sehr hübsch aussah. Nein, Sophie würde nicht zum Telefon gehen. Und wenn sie sich alles nur einbildete? Wenn es Tante Charlotte war, die sich schlicht und einfach besorgt nach ihr erkundigen wollte?

Tante Charlotte, das ahnte sie, musste beunruhigt sein nach dem brüsken Beenden des Telefonats. Sie war fast eine zweite Mutter für sie, seit Sophies Kindheit. Tante Charlotte, der sie ähnlich sah, aber mit dunkleren Haaren als die Tante, größer und schlanker. Mit grünen statt mit graublauen Augen. Sie teilte auch ihre Interessen: Kunst, Antiquitäten, Literatur und klassische Musik. Sophie machte mit der rechten Hand eine seltsame Bewegung. Ach ja, fast habe ich eine Gemeinsamkeit mit Tante Charlotte vergessen, dachte sie, als sie sich bei der Geste ertappte. Wenn wir aufgeregt sind und in innerem Aufruhr, dann wischen wir mit der Hand imaginäre Krümel vom Tisch. Es lag in den Genen.

Sie lächelte. Das Telefon klingelte schon wieder. Es wird die Tante sein. Gedankenübertragung. Ganz sicherlich.

»Du steckst mitten drin. Du entkommst mir nicht«, flüsterte die Männerstimme am anderen Ende der Leitung.

Ein merkwürdiges Hüsteln. Dann ein klickendes Geräusch. Sophie ging langsam zu ihrem Platz in der gemütlichen Nische zurück und schaute gedankenverloren auf die menschenleere Straße hinunter.

Es begann leise zu regnen, und die Äste des weißen Fliederbaums im Garten gegenüber bogen sich elegant im Wind.

Alles könnte so schön sein, dachte Sophie. Doch was ist da in mein Leben getreten? Wer hat es auf meine Seelenruhe abgesehen?

Sie wusste keine Antwort.

3. Kapitel | Das Fürstenlager

Er ging mit schlurfenden Schritten zum Tempelchen hoch.

»Heb deine Füße«, hatte sie ihn immer ermahnt und sich mokiert über seinen Gang. Das war alles längst vorüber, aber die spöttischen Worte hatten in seiner Seele Narben hinterlassen. Das Tempelchen war sein Lieblingsplatz im Park. Schon als Kind war er oft alleine da oben gewesen, hatte sich hierher geflüchtet in Begleitung seines Hundes.

Das war einer der großen Vorzüge des Parks mit dem seltsamen Namen »Fürstenlager«. In der Volksschule schon erfuhr man im Fach Heimatkunde, dass das Fürstenlager im Bensheimer Stadtteil Auerbach die Sommerresidenz der Landgrafen von Hessen-Darmstadt gewesen war. Mit seinen vielen exotischen Bäumen, Sträuchern und Pflanzen und zahlreichen Hofgebäuden war das Fürstenlager in der Art eines Dörfchens angelegt und in die sanfte Hügellandschaft des Odenwalds eingebettet. Eisenhaltige Mineralquellen waren Anfang des 18. Jahrhunderts dort entdeckt worden, doch bald war die Brunnenfassung verschlämmt, und das ganze Projekt einer Kuranlage war leider in Vergessenheit geraten. Erst Ende des 18. Jahrhunderts entdeckte das Erbprinzenpaar Ludwig und Luise von Darmstadt das idyllische Tal neu, und die beiden regten Baumaßnahmen an, die zur stetigen Erweiterung des Fürstenlagers zur Sommerfrische für die Darmstädter Adligen führten. Stallungen, Eiskeller, Wirtschaftsgebäude, Damen- und

Prinzenbau und Herrenhaus entstanden. Ein Weißzeug-Häuschen und ein Wachthaus rundeten das wunderhübsche Bild dieses Traumdorfes ab, fern von der Mühe und Arbeit eines echten Dorfes. Es hatte hier nie Scheunen, Schweineställe und Misthaufen gegeben.

Der Hofstaat und die Familien der hessischen Landgrafen hatten bis zur Mitte des 19. Jahrhunderts regelmäßig ihre Sommermonate im Fürstenlager verbracht. Dann aber erwies sich nach chemischen Analysen der Gesundbrunnen als wenig mineralhaltig und ohne die ersehnte Wunderwirkung. So hatte die Nutzung des Fürstenlagers durch die Adligen allmählich geendet, dafür stieg der Park in der Beliebtheit der Auerbacher Bürger.

Ja, dachte er, während er weiter den steilen Pfad zum geliebten Tempelchen hochschlurfte, der Park ist nicht abgegrenzt, er war es noch nie.

Welch großer Vorteil für ihn. Dort oben auf halber Höhe des Hangs der Mammutbaum. Lehrer Sanftleben, dessen strenges Regiment über die Schar seiner eingeschüchterten Schüler seinen friedlichen Namen Lügen strafte, hatte ihnen eingetrichtert, dass dieser Baum ein Geschenk des englischen Königshauses war, das mit den hessischen Landgrafen in enger Verwandtschaft stand. Im Schein des Vollmondes, der die Landschaft in gleißendes Licht tauchte, schienen die exotischen Bäume unter dem nächtlichen Himmel zu tanzen, einen wiegenden, schweren, unheimlichen Tanz. Dunkle Gespenster, grotesk verzerrt, zottelige Monster, wie betrunken in dumpfem Takt stampfend.

Die Rundkuppel des Freundschaftstempels am oberen Ende der Herrenwiese tauchte auf, strahlendweiß, geisterhaft, getragen von den runden hölzernen Säulen.

Er beschleunigte seine Schritte.

Ich kann nur gehen, wie ich gehe. Für das Schlurfen kann ich nichts, entschuldigte er sich vor seinem imaginären tadelnden Gegenüber.

»Freundschaftsaltar«, so hatte der strenge Lehrer Sanftleben den Tempel auch genannt. Und einmal »Monopteros«. Dieses griechische Wort war ihm, dem wissbegierigen und klugen Schüler, in Erinnerung geblieben. Ja, klug war er, obwohl sie keine Gelegenheit ausgelassen hatte, alle vom Gegenteil zu überzeugen und ihn kleinzuhalten. Sie hatte ihn einmal als Schwachsinnigen bezeichnet, und das vor einer ganzen Schar von Gästen. Alles schon so lange her, aber nein, er hatte nichts vergessen. Er war klug. Vor allem schwierige Wörter konnte er sich merken wie sonst niemand. »Monopteros« blieb sein Lieblingswort für diesen zierlichen Tempel, und mit der Taschenlampe beleuchtete er die Inschrift auf dem Architrav über den Säulen.

In kindlicher Liebe – den 18. Febr. 1824 – Ludwig und Emil.

So leuchtete es ihm in goldenen Lettern entgegen.

Immer wieder nahm ihn diese Inschrift gefangen. Zauberworte, magisch, zitternd und mystisch.

Die Prinzen Ludwig und Emil hatten diese Zeilen anbringen lassen zu Ehren ihrer früh verstorbenen Mutter, der Großherzogin Luise.

Sie hatten Glück gehabt, die beiden Prinzen Ludwig und Emil. Eine liebende Mutter, welch ein Geschenk. Mutterliebe war nicht selbstverständlich. Er lachte bitter auf. Ihm schwindelte, die Schrift flimmerte vor seinen Augen. Er stützte sich am Pfeiler ab, um nicht zu fallen. Keine Schwäche. Alles verlief doch nach Plan. Hatte er einen Plan? Er wusste es nicht.

Seine Hände zitterten, die Taschenlampe fiel zu Boden. »Memme«, hörte er sich sagen.

Er bückte sich mühsam, hob die Taschenlampe auf, straffte den Rücken. Er sah zum Nachthimmel hoch, als erhoffe er sich von dort oben Hilfe.

Mit einem letzten Blick auf die Inschrift und die Worte »In kindlicher Liebe« riss er sich los von diesem Ort, der ihn seit jeher magisch anzog und dennoch sein Herz in Aufruhr versetzte, ihn ängstigte und ihn auch diesmal verschreckt die Flucht ergreifen ließ. Er eilte, soweit es seine schlurfenden Schritte zuließen, den Hang hinab, an der Streuobstwiese vorbei und an dem einst landgräflichen Kunst-Dorf entlang, dessen Azaleen- und Rhododendronbüsche im Aufblühen waren, wie er wusste, obwohl dunkle Nacht die Szenerie umhüllte.

Am Schwanenteich angekommen, blieb er plötzlich stehen. Mit beiden Händen hielt er sich die vor Schmerz stechenden Seiten. Er zwang sich zur Ruhe.

Er dachte: Sei keine Memme. Sei keine Memme. Denn alles wird gut. Alles wird gut.

Und er sprach sein Mantra, das sein aufgewühltes Inneres besänftigte: »Noch nicht morgen. Aber bald.«

Er wiederholte mehrmals den Satz, der ihm wie ein Zauberspruch erschien, und mit schlurfenden Schritten verließ er den Naturpark des Fürstenlagers.

Sein Atem ging nun ruhig, als er an den Villen der Bergstraße entlangstreifte, und er wunderte sich selbst, dass so etwas wie Heiterkeit und Seelenfrieden in ihn eingekehrt waren.

Vorsichtig öffnete er das ziselierte Tor zur Villa, wobei er leicht hüstelte.

4. Kapitel | Die Einladung

Mehr als eine Woche war schon vergangen, und kein anonymer Anrufer hatte Sophie Dahm belästigt. Zögerlich war sie auch seit einiger Zeit zum Briefkasten gegangen, in banger Erwartung anonymer Post. Doch auch hier gab es nichts Beunruhigendes.

Am Morgen des 4. Mai schickte sich Sophie an, das Haus zu verlassen, um sich bei einem neuen Kunden vorzustellen, der vor einiger Zeit die Restaurierung eines Familienerbstücks in Auftrag gegeben hatte.

Allmählich wächst mein Kundenkreis, dachte Sophie. Sie fütterte ihre weiße Angorakatze Daphne, die daran gewöhnt war, für mehrere Stunden alleine in der Wohnung zu bleiben. Gelobt sei die Souveränität der Katzennatur.

Das Telefon klingelte, und Sophie zuckte so sehr zusammen, dass ihr beinahe der Löffel aus der Hand gefallen wäre, mit dem sie Daphne das Katzenfutter ins Schälchen gab. Sei nicht so schreckhaft, schalt sie sich. Vielleicht ist es mein neuer Auftraggeber und er möchte das Treffen vertagen.

»Hallo, Sophie«, meldete sich Charlottes angenehm dunkle Stimme. Sophies Seufzer der Erleichterung war so tief empfunden und laut, dass die Tante sich besorgt erkundigte, ob denn alles in Ordnung sei.

»Aber natürlich, was sollte nicht in Ordnung sein?«, beruhigte Sophie die Anruferin. Irgendetwas in ihrer Stimme verriet aber, dass die Sorge der Tante begründet war.

»Wir sollten uns doch mal treffen, Sophie«, schlug sie vor. »Ich habe richtig Lust, mal wieder etwas mit dir zusammen zu unternehmen, und das nicht nur, weil Ferdinand sich in Bremen festgesetzt hat. Er hat den Urlaub von mir spontan noch einmal verlängert. Deshalb ist auch seine Konzertkarte frei geworden. Und ich suche jemand, der mich begleitet. Ich dachte spontan an dich, Sophie.«

»Ein Konzert, oh ja. Etwas Klassisches? Was, wann, wo?«

»Ein Liederabend in Schwetzingen im Rahmen der Festspiele diesen Samstag, also schon übermorgen. Hast du Zeit? Das Konzert beginnt um halb acht und findet im Mozartsaal des Schlosses statt.«

»Ja, prima. Was genau wird gegeben? Ich mag Lieder, wie du weißt.«

»Es sind Vertonungen von Hölderlin-Gedichten und von drei Petrarca-Sonetten. Es sind noch andere Highlights dabei, ich habe das Programm aber nicht neben mir liegen. Da gibt es noch die Komponisten Liszt, Eisler, Schubert, Ravel und Wolf.«

»Klingt ja toll. Natürlich komme ich mit.«

»Und hinterher gehen wir noch schön essen und wir quasseln. Und ich lade dich selbstverständlich ein.«

»Das Ticket von Ferdinand nehme ich gerne an, aber das Essen möchte ich bezahlen.«

»Einverstanden, wollen wir nicht streiten«, lachte Charlotte. »Treffpunkt Weinheimer Friedhof, und von da aus mit meinem Auto weiter nach Schwetzingen?«

»Guter Vorschlag. Das befreit das Gewissen in punkto Umwelt, falls sie überhaupt noch zu retten ist«, sagte Sophie. »Ich freu mich auf übermorgen. Nun muss ich aber weg. Ein neuer Kunde wartet auf mich.«

»Wie spannend. Viel Glück. Bis Samstag, halb sieben, am Weinheimer Friedhof.«

»Klingt ominös, liebe Tante.«

»Am Friedhof heißt noch nicht auf dem Friedhof«, meinte Charlotte lakonisch, und mit diesem makabren Spruch endete das Telefongespräch.

Der Samstag kündigte sich an, als handele es sich um einen Freitag, den Dreizehnten.

Beim Aufstehen stolperte Sophie über Katze Daphne, die sich auf dem weißen Bettvorleger räkelte und sich von diesem in keiner Weise optisch abhob. Mit Gekreische und Gefauche floh das Tierchen in seinen Katzenkorb und verharrte dort beleidigt und in seiner Würde gekränkt.

Als Sophie beim Frühstück saß und die Tageszeitung durchblätterte, fiel ihr eine Schlagzeile auf, in der von einem Prozess gegen einen Stalker die Rede war. Der Artikel zog sie mit magischer Kraft an. Der Angeklagte war der ehemalige Kollege des Opfers, einer jungen Frau. Er wollte sich an ihr rächen für eine vermeintliche Denunziation beim Chef, indem er ihr nachstellte und sie mit Telefonanrufen zu jeder Tages- und Nachtzeit belästigte. Die Kränkung hatte nie stattgefunden, doch das Opfer war psychisch zerstört. »Es war die Hölle«, wiederholte die junge Frau mehrmals. »Ein nicht enden wollender Alptraum. Doch keiner hat mir geglaubt.« Sophie legte den Artikel beiseite. Nein, ich möchte mich da nicht reinsteigern, dachte sie. Und sie befahl sich strengstens, der Versuchung zu widerstehen, eine Liste von ehemaligen Berufskollegen durchzugehen, die sich für vermeintliche Verleumdungen oder Ähnliches rächen wollten.

Sophie fiel eine Statistik ein, die sie erst kürzlich gelesen hatte über das Phänomen Stalking: meist sind Frauen die Opfer und Männer die Täter. Die Dunkelziffer, so hieß es in dem Artikel, sei immens hoch, auch bei Stalking am Arbeitsplatz.

Aber da gab es niemanden in ihrem ehemaligen Kollegenkreis, der sich rächen wollte. Oder doch? Und wofür? Sophie schwirrte der Kopf.

Sophie ging zum Katzenkörbchen und war erfreut, dass Katze

Daphne sich versöhnungsbereit streicheln ließ. Ein besonders delikates Leckerli hatte wesentlich dazu beigetragen, den Stolz der vierbeinigen Schönheit zu brechen, die nun durch lautes Schnurren zu verstehen gab, dass sie nicht so nachtragend war, wie man es ihrer Gattung unterstellte. Sie streckte die Pfote aus dem Korb, zeigte kurz alle Krallen und zog sie dann blitzschnell wieder ein, als wolle sie sagen: Aufgepasst, ich hätte auch anders reagieren können.

Das friedliche Intermezzo hielt nicht an. Als Sophie sich gegen 17 Uhr abends für das Konzert fertig machte, rutschte sie in der Dusche aus, fiel gegen die Duschwand und trug einige Schrammen und Flecken an Armen und Beinen davon.

Sie humpelte durch die Wohnung und tat sich ein wenig leid, doch die Aussicht auf einen interessanten Liederabend und ein anschließendes Essen mit der geliebten Tante machte ihr Mut und ließ sie ihre Malaisen vergessen. Alles nicht so schlimm, sagte sie sich, aber sie ertappte sich mehrmals dabei, wie sie insgeheim damit rechnete, dass nun in die Stille hinein das Telefon schrillen und die seltsame Stimme des Unbekannten sie erneut ängstigen würde. Es würde zu diesem unglückseligen Tag passen.

Ein Klingelton schien ihre Befürchtungen zu bestätigen. Aber es war die Türklingel, nicht das Telefon.

Sophie humpelte mühsam über den Flur und öffnete. Zwei altbacken gekleidete Frauen mittleren Alters in ziemlich langen Röcken und in Schuhen mit Blockabsätzen, um die Schultern große gehäkelte Umhängetaschen in kitschigen Farben, standen vor ihr.

Die kleinere der beiden Frauen, deren Gesicht besonders frömmlerisch wirkte, streckte Sophie eine Broschüre entgegen, doch diese kam der Frau zuvor und sagte höflich, aber bestimmt: »Nein danke, ich brauche keinen Wachturm. Ich brauche eher einen Arzt, weil ich gerade ausgerutscht bin. Oder noch besser: Ich brauche meine Ruhe. Adieu.«

Und energisch schloss sie die Wohnungstür.

Zehn Minuten später klingelte es abermals an der Wohnungstür. Diesmal standen zwei Männer vor Sophie, ein jüngerer und ein älterer, beide in Anzug und mit Krawatte, mit dicken Aktentaschen unterm Arm. Wollten sie ihr eine Versicherung aufschwatzen?

Der Ältere hielt Sophie wie vorhin seine Mitschwester den Wachtturm unter die Nase.

»Nicht schon wieder«, rief eine entnervte Sophie. »Müssen Sie jeden Samstag die Leute mit Ihrem Missionseifer belästigen?« Diesmal knallte sie die Tür zu.

Als sie endlich im Auto saß und zum vereinbarten Treffpunkt fuhr, atmete sie erleichtert auf, denn sie hatte die Wohnung ohne weitere Störaktionen verlassen können. Alles wird gut, dachte sie, und sie begann, sich auf den Abend zu freuen.

Zum Glück war es relativ kühl und Sophie konnte die blauen Flecken unter einem eleganten Blazer aus schwarzem Samt verdecken. Tante Charlotte wird nichts erfahren von der Ungeschicklichkeit ihrer Nichte, dachte Sophie.

Sie lächelte sich selbst im Rückspiegel zu und bog zum Parkplatz des Friedhofs ein.

5. Kapitel | Ein Liederabend

Ach, dachte Charlotte, als sie mit Sophie eingehakt in Richtung Mozartsaal ging, wie schön ist doch immer wieder dieser Schwetzinger Schlosspark. Nach diesem Garten kann man geradezu süchtig werden.

Die Tulpen und Narzissen waren verblüht. Die dicht an dicht gepflanzten Fliederbüsche verströmten einen betäubenden Duft. Länger war sie nicht mehr hier gewesen, das letzte Mal mit Ferdinand bei den Festspielen des Vorjahres. Seltsam kurz angebunden hatte er geklungen am Telefon, als er ihr mitteilte, er käme erst am Dienstag zurück. Doch Charlotte hatte sich nach knapp zwei Jahren des gemeinsamen Zusammenlebens mit dem ehemaligen Kripochef Ferdinand Guldner schon daran gewöhnt, dass er ab und zu eine gewisse Launenhaftigkeit an den Tag legte, die ihrem eigenen Wesen fremd war. Die Zeit ihrer Ehe mit Bernhard, dessen tragischer Verkehrstod nun schon Jahre zurücklag, hatte sie in dieser Richtung geeicht. Auch bei Bernhard, der wie sein Nachfolger Ferdinand ein friedlicher und zärtlicher Partner gewesen war, hatte sich gelegentlich dieser Hang zu Gemütsschwankungen gezeigt. Wieso verfällt man immer wieder den gleichen Lebensmustern, und dies vor allem in der Partnerwahl? Diese Frage hatte sich Charlotte während der letzten beiden Jahre öfter mal gestellt, wenn sie im Verhalten der beiden »Männer in ihrem Leben« Parallelen entdeckte. Das verhängnisvolle Beharren ihrer Nichte Sophie bei der wenn auch unbewussten Auswahl ihrer schwierigen Partner machte Charlotte allmählich große Sorgen.

Wie eine Obsession, ja sogar eine Art Masochismus, kam es ihr vor, dass die liebe Nichte immer wieder an den Falschen geriet.

Im Foyer vor dem Mozartsaal machte ein Plakat auf eine kurzfristige Programmänderung aufmerksam. Der Tenor, Dietrich Henschel, war plötzlich erkrankt, und nun gab es statt eines Liederabends einen Klavierabend, gestaltet durch den begleitenden Pianisten, Martin Helmchen.

Die Enttäuschung von Tante und Nichte war riesengroß, denn wer sich auf Petrarca und Hölderlin, auf Ravel, Liszt, Débussy, Eisler und Schubert freut, der mag sich mit einem Ersatz nicht gerne trösten. Zwar war dieser Ersatz eine virtuose Darbietung der selten gespielten 33 Diabelli-Variationen Beethovens, aber so recht wollte der Funke, zumindest bei Charlotte, nicht überspringen, zumal sie kein ausgesprochener Beethoven-Fan war. Auch bei Sophie, die rechts neben ihr saß, so spürte die Tante intuitiv, fehlte heute die Faszination durch die Musik.

Das plätschert so dahin, dachte Charlotte, und ein seltsames Gefühl von Langeweile, ja von Leere übermannte sie plötzlich.

Das meisterhafte Klavierspiel des jungen Pianisten verdiente eigentlich, dass man konzentriert zuhörte, und auch optisch stellte der Virtuose eine interessante Künstlerpersönlichkeit dar. Der junge Mann, ein Mittdreißiger, schien sich mit seiner langen Lockenpracht aus der Zeit der Romantik ins Jahr 2017 verirrt zu haben. Wie eine Gestalt aus einem Roman von Jane Austen sieht er aus, dachte Charlotte. Ein Mister Darcy oder ein Mister Knightly, der eine Zeitreise von 200 Jahren unternommen hat. Der Pianist schüttelte das dunkle Lockenhaar mit einer pathetischen Geste, und Charlotte merkte, wie ihre Nichte sie von der Seite her ansah. Ihr waren vermutlich ähnliche Gedanken durch den Kopf gegangen, denn sie musste ein klein wenig grinsen.

Der Konzertsaal war nicht voll besetzt. Die Programmänderung hatte wohl im Vorfeld all diejenigen ferngehalten, die immer schon alles wissen, dachte Charlotte. Das sind die modernen Zeitgenossen, die auf ihren Smartphones über alles informiert sind, schon bevor es geschehen ist.

Charlotte, die wie ihre Nichte Sophie in dieser Hinsicht nicht zu den modernen Zeitgenossen gehörte, und dies bewusst und freiwillig, nahm dann auch gerne in Kauf, einmal »überrascht« zu werden. Nicht immer fielen diese Überraschungen zu ihrem Nachteil aus wie dieses Mal.

In dem Moment hörte man von der Reihe hinter Sophie und Charlotte ein Räuspern, gefolgt von einem Hüsteln. Sophies eben noch belustigte Mimik verwandelte sich jäh. Alles Blut schien aus ihrem Gesicht gewichen zu sein. Ihre Augen waren vor Schreck geweitet. Sie saß wie eine Puppe stocksteif da. Abrupt drehte sie sich nach hinten um. Auch Charlotte schaute diskret zur Reihe hinter ihr.

Das Hüsteln war von einem älteren Mann gekommen, dessen Ehefrau ihm beflissen ein Bonbon zusteckte.

Sophie entspannte sich beim Anblick des Paares augenblicklich und lächelte ihrer Tante zu, als sei nichts geschehen.

Das Konzert war bald darauf zu Ende, und Charlotte bewegte eine einzige Frage: Was war in ihrer Nichte vorgegangen? Was hatte sie in einen solch panikartigen Zustand versetzen können?

Schweigend und eingehakt gingen die beiden Frauen dem Ausgang zu.

Das nächtliche Schwetzingen war belebt wie immer. Die Konzertbesucher und andere Nachtschwärmer strebten den verschiedenen Restaurants zu. An der Statue der Schwetzinger Spargelverkäuferin auf dem großen Platz vor dem Brauhaus gegenüber dem Schloss ging ein Mann mit auffallend schlurfendem Gang. Charlotte musste insgeheim lachen, denn ihr fiel der Sketch der kultigen englischen Satiregruppe Monty Python der 70er Jahre ein, in dem John Cleese diverse seltsame Gangarten parodiert.

The Ministry of Silly Walks hieß der Sketch, soweit Charlotte sich erinnerte. Der Mann da vorne an der Statue der Schwetzinger Spargelfrau hätte gut mitwirken können im Monty Python-Sketch. Die schlurfenden Schritte bewegten sich stadteinwärts. Der Mann verlor sich unter der Lindenallee.

Im Brauhaus war die Küche bereits geschlossen. Es wurden nur noch Getränke serviert.

»Gehen wir in den *Grünen Baum*«, schlug Charlotte vor. »Da gibt es schöne Spargelgerichte.«

Und sie ging zielstrebig auf die andere Straßenseite unter den schönen Linden, welche die von einer Krankheit befallenen Kastanien ersetzt hatten.

»Schwetzingen wird immer schöner«, sagte Sophie, als habe sie die Gedanken der Tante erraten. »Die Kastanienallee vermisst man nicht mehr wie anfangs noch.«

Sie öffnete die Tür zum Restaurant.

»Und nun bin ich hungrig«, fügte sie hinzu.

Meine Neugier ist größer als mein Hunger, dachte Charlotte bei sich. Die Neugier auf Sophies Erklärung für ihr merkwürdiges Erschrecken vorhin im Konzertsaal. Sie behielt den Gedanken aber vorläufig für sich.

6. Kapitel | Unter vier Augen

Der kleine Tisch in der hinteren Ecke der Gaststätte *Grüner Baum* war noch unbesetzt.

»Gemütlich, diese dunkle Holztäfelung«, sagte Sophie.

»Ja, und das Essen hier ist auch nicht zu verachten«, meinte Charlotte.

»Nun hat der Abend doch noch einen guten Ausgang nach der ärgerlichen Programmänderung und all dem«, seufzte Sophie, als die freundliche junge Bedienung die Getränke und den Flammkuchen gebracht hatte. Flammkuchen mit Spargel natürlich, das gehörte sich so in der Spargelmetropole Schwetzingen im Mai. Da es schon spät war, hatten sie dieses leichte Gericht einer üppigeren Spargelvariante vorgezogen.

»Was meinst du mit: und all dem?« Charlotte war eine aufmerksame Zuhörerin, und keine Nuance entging ihr.

Sie fiel gleich mit der Tür ins Haus, ohne Sophies Antwort abzuwarten und wurde noch deutlicher. »Mir ist aufgefallen, dass du während des Konzerts plötzlich zur Salzsäule erstarrt bist. Was war der Grund? Doch nicht etwa der alte Mann hinter uns mit seiner Husterei? Du warst ja blass wie der Tod.«

Sophie schluckte, zögerte, bevor sie begann: »Es hat ja sowieso keinen Zweck, dich anzulügen. Ja, es war der Mann mit seiner seltsamen Hüstelei.«

Und nun berichtete sie Charlotte von den mysteriösen Anrufen, die ihr in den letzten Tagen die Ruhe raubten.

»Bei einem dieser Anrufe habe ich ein merkwürdiges Hüsteln bemerkt, und das war vielleicht der Auslöser für mein Erschrecken vorhin, obwohl …«

»Ja«, unterbrach Charlotte ihre Nichte. »Obwohl es doch absurd wäre, diesen alten Hustinetten-Bär zu verdächtigen, es auf dich abgesehen zu haben.«

»Natürlich ist das absurd, aber die Szene hat mir gezeigt, wie schreckhaft ich geworden bin in letzter Zeit.«

»Wenn Ferdinand nachhause kommt, werden wir ihm davon erzählen«, sagte Charlotte. »Und vielleicht haben bis dahin die Anrufe eh aufgehört. Alles ist vielleicht nur ein Missverständnis, und der Mann hat sich verwählt. Alles wird sich aufklären.«

»Zweimal verwählt? Das glaubst du selbst nicht.«

»Stimmt«, musste Charlotte zugeben. Es entstand eine kleine Pause.

Plötzlich rief sie: »Kann das alles nicht mit der Trennung von Torsten Blessing zusammenhängen?«

»Ehrlich gestanden, ich habe auch schon daran gedacht. Aber nein. Er schien eher erleichtert zu sein, als ich die Beziehung beendet habe. Keine Spur von Verletztsein. Keine gekränkte Eitelkeit. Er hat ganz vernünftig reagiert und eingesehen, dass sein Misstrauen keine Basis für unser Zusammensein ist.«

»Wieso Misstrauen? Was genau war denn eigentlich vorgefallen?«

Sophie berichtete nun ihrer Tante, wie sie diesen lächerlichen Privatdetektiv enttarnt hatte, der ihr gefolgt war, und das wochenlang, wie sich herausstellte. Sie erzählte Charlotte von all den ungeheuerlichen Vorwürfen und Zweifeln, mit denen Torsten Blessing ihre Beziehung mehr und mehr vergiftet hatte. Einer Beziehung, die immerhin über einige Monate harmonisch verlaufen war.

Völlig harmlose und fast immer beruflich begründete Treffen mit einem früheren Arbeitskollegen aus Speyer, einem behäbigen, gemütlichen Kunsthistoriker, hatte der krankhaft Eifersüchtige fehlinterpretiert. Es war schließlich zum Eklat gekommen. Sophie hatte Torsten Blessing ruhig, aber bestimmt aufgefordert, aus ihrer Wohnung und damit ein für alle Mal aus ihrem Leben zu verschwinden. Er hatte daraufhin Sophie schweigend den Schlüssel zurückgegeben. Ebenso schweigend hatte er die Wohnung verlassen.

»Das Seltsame war, dass ich kein bisschen traurig war, kein bisschen traurig bin. Ich stelle mir aber immerzu die Frage nach meinem Lebensmuster. Warum kann ich nicht ein einziges Mal Glück haben in der Wahl meiner Partner?«

Sophie wischte imaginäre Krümel vom Tisch. Charlotte tat desgleichen.

Da mussten die beiden lachen.

»Unsere Übersprunggeste. Wir sind in Aufruhr, der äußere ruhige Schein trügt«, stellte Sophie fest. Leise fügte sie hinzu: »Danke für deine Empathie.«

»Du hältst mich auf dem Laufenden?«, fragte Charlotte.

»Auf dem Laufenden worüber?«, erwiderte Sophie ein wenig geistesabwesend.

»Na, über deinen Telefonmobber natürlich. Den Hüstler.«

»Ich hoffe, da gibt es nichts auf dem Laufenden zu halten«, wehrte Sophie ab.

»Ja, du hast Recht. Ach, gut, dass Ferdinand bald zurückkommt. Ich vermisse ihn«, sagte Charlotte, doch sie fand ihre Bemerkung unpassend und hätte sie gerne rückgängig gemacht.

Sophie schwieg kurz und sagte dann: »Schon gut, wenigstens du hast Glück in der Liebe. Ich gönne es dir von Herzen.«

Als die beiden Frauen kurz vor Mitternacht durch das nächtliche Städtchen zum geparkten Auto auf dem großen Messplatz gingen, waren die Straßen fast menschenleer. Auf der anderen Straßenseite, vorbei an dem alten verfallenden Häuschen, das aus der Biedermeierzeit stammte und das Charlotte so leid tat, als sei es ein lebendiges Wesen, ging ein Mann. Charlotte erkannte in ihm den Schlurfenden von der Spargelfrau-Statue. Den Anwärter auf den ersten Preis der merkwürdigen Gangarten bei Monty Python. Sie musste ein wenig lachen.

»Warum lachst du?«, fragte Sophie.

»Ach, nichts, Sophie, nur so ein Gedanke: *silly walks*. Nicht der Rede wert.«

Sophie schüttelte den Kopf. Manchmal hatte ihre geliebte Tante merkwürdige Anwandlungen.

Den Mann mit dem schlurfenden Gang hatte die Nacht verschlungen, und die beiden Frauen fuhren in Richtung Weinheimer Friedhof, wo Sophies Wagen geparkt war.

»Pass auf dich auf, meine Kleine«, sagte Charlotte, bevor Sophie ausstieg, wie sie es früher getan hatte, wenn die Nichte Probleme hatte: als Kind, als Teenager. Schulprobleme, Liebeskummer.

»Gut, dass es dich gibt, Tante Charlotte«, entgegnete Sophie, und die beiden umarmten sich zum Abschied herzlich und innig.

7. Kapitel | Das Weißzeug-Häuschen

Das Dörfchen im Fürstenlager, das aussah, als sei die Zeit stehen geblieben und als komme der Geheime Rat Johann Wolfgang von Goethe gleich um die Ecke gebogen, lag teilweise im Dunkel.

Der abnehmende Mond beschien nur einige Winkel: die Brunnenanlage, »Gesundbrunnen« genannt, die gegenüberliegende Wachstube und das Herrenhaus.

Das Weißzeug-Häuschen, das ursprünglich einmal Badehaus und Wäschekammer beherbergt hatte, verschwand völlig in der Dunkelheit. Gut so, dachte der Mann, der sich mühte, mit gebücktem Rücken seine Last hinters Haus zu schleppen.

Dies war die zweite »Übungstat«, wie er es nannte. Die Hauptprobe vielleicht schon, wer weiß.

Es war leicht gewesen, viel zu leicht. Manche Frauen sind gutgläubig, ohne Argwohn, und wie kann man auch zu so später Stunde ohne männlichen Begleiter durch diesen Park gehen, zudem bei abnehmendem Mond?

Die Sache mit dem Hund tat ihm in der Seele leid. Er dachte an Pollux, seinen treuen braunen Setter, der ihn damals so oft hierherbegleitet hatte. Schade, dass er sich von ihm hatte trennen müssen an jenem Tag, als der Hund ihn ärgerte und er ihn dafür bestrafen musste. Nach Pollux hatte er nie wieder einen Hund gehabt. Sie hatte es nicht erlaubt. Nein, nicht noch mal einen Hund. Ein Hund schmutzt, er riecht, er braucht Pflege, Futter, Aufmerksamkeit, Liebe. Was verstand sie von Liebe?

Ein Geräusch ließ ihn hochschrecken. Ein Schnauben. Es gab viele Wildschweine neuerdings hier in den Wäldern, da hatte sich bestimmt eines verirrt. Er merkte, wie Panik ihn ergriff, doch er zwang sich zur Ruhe. Er war Herr seiner selbst. Er war keine Memme.

Er horchte angespannt in die Nacht hinein, aber da war nichts mehr. Er musste sich getäuscht haben.

Das Tier war verschwunden. Er zerrte die Frau zu dem alten Gemäuer hin. Im Gesundbrunnen hätte er sie entsorgen sollen, man hätte sie nicht sofort gefunden, erst nach Tagen, wenn der Geruch …

Aber nein, der Gesundbrunnen, vom Mondlicht beschienen, war kein guter Ort für diese tote Frau. Den kleinen Hund, einer von diesen verfluchten Yorkshire-Terrier-Winzlingen, die meist solch lächerliche Schleifchen im Fell zwischen den Ohren trugen, hatte er unten im Schwanenteich versenkt.

Ihn würde man wahrscheinlich niemals finden. Sie war völlig arglos auf der Bank gesessen, als er sie von hinten packte mit seinen beiden Händen, die stärker waren, als man je vermutet hätte bei ihm. Unterschätzt hatte man ihn immer schon. Sie hatte nicht einmal geschrien, nur der Hund hatte gekläfft, der lächerliche Köter mit seinem Schleifchen, das sein Fell wie einen Pinsel hochstehen ließ.

Als sie leblos von der Bank glitt, versuchte der Winzling, ihn anzufallen. Dieser kleine Angstbeißer. Doch die starken Hände waren schneller und griffen geschickt und fest wie ein Schraubstock den Hundehals. Wieder dachte er an Pollux, seinen treuen Hund, doch er erlaubte sich keine Sentimentalitäten. Keine Sekunde der Reue, gar der Trauer. Keine Sekunde der Schwäche.

Nein, er durfte sich nicht noch einmal einen solchen Augenblick der Schwäche erlauben wie in Darmstadt vor … Wann war es gewesen? Vor drei Tagen? Vor drei Wochen?

Er hatte seit geraumer Zeit Probleme, sich Daten zu merken. Die Zeit verging zu schnell. Man meinte, etwas sei vor einem Tag geschehen, aber es war schon eine Woche her. Er musste sich zwingen, aufmerksamer zu sein, er durfte auf keinen Fall die Zeit vertrödeln.

Ja, in Darmstadt war es gewesen. Vor fünf Tagen, zehn Tagen, einem Monat?

Eine Unbekannte, die vor ihm ging. Die Straße war dunkel, die Gelegenheit günstig. Gut, dass er ein Messer eingesteckt hatte. Er stieß von hinten zu. Sie riss sich mit letzten Kräften los, schrie um Hilfe. Hysterisch wie alle Frauen. Er hörte immer noch den gellenden Schrei, und er hielt sich mit beiden Händen die Ohren zu.

Er sah noch, wie sie zusammenbrach und hörte, wie einer der beiden Männer und die Frau, die aus dem Haus geeilt kamen, durcheinanderschrien. »Jemand muss Hilfe holen. Schnell, die Ambulanz. Sie verblutet.«

»Und die Polizei muss gerufen werden.«

Jemand hatte ein Handy bei sich. Dann der befreiende Satz: »Da hilft kein Arzt mehr. Sie ist tot.«

Fast hatte er lachen müssen in seinem Versteck hinter der brüchigen Hauswand mit dem Fliederbusch. Der blüht aber früh, der Flieder, hatte er gedacht. Der Duft war überwältigend gewesen. Es hatte nach Tod und Verwesung gerochen. Dann erst war er davongelaufen, denn jemand schrie: »Die Polizei. Holt doch endlich die Polizei. Mordkommission.«

Das Messer warf er schnell noch mitten in den dichten Fliederbusch. Wer würde in einem Fliederbusch nach einer Tatwaffe suchen?

Es fiel ihm schwer, schnell zu laufen, wegzurennen. Damals in Darmstadt und jetzt im Fürstenlager.

Aber die gewohnte Schlurferei konnte er sich jetzt nicht erlauben. Jetzt nicht. Es war stockfinstere Nacht, als er am schmiedeeisernen Tor der Villa angekommen war. Es quietschte ein wenig, als er es öffnete.

Erst als er in seinem Zimmer war, merkte er, dass er sich das

Hundehalsband des Yorkshire-Terriers in die Jackentasche gesteckt hatte, weshalb auch immer. Im Schein der Straßenlaterne, die von außen Licht in sein Zimmer warf, sah er die kleinen Steine, die das Hundehalsband schmückten. Sie glitzerten, als seien es Brillanten, und er dachte: Gut so. Es wird wie ein Raubmord aussehen.

Wie bin ich doch gewitzt. Ich und meine Intuition. Und mit einem Lächeln der Genugtuung auf den Lippen schlief er beruhigt ein.

8. Kapitel | Alles gut

Charlotte schlug die Tageszeitung auf, und nach den üblichen Schreckensmeldungen aus aller Welt: Hunger fast überall in Afrika, Terroranschläge und Naturkatastrophen und den beunruhigenden Berichten aus der großen Politik – Trump, Erdogan, Marine Le-Pen, dann der kleine Diktator aus Nordkorea, der sie immer an ein übergewichtiges Kind erinnerte und dessen Namen sie sich einfach nicht merken konnte – blieb ihr Blick an den weniger schlimmen Vorfällen hängen.

Ein Asylbewerber war im Laudenbacher Kreisel mit seinem Fahrrad in der falschen Richtung gefahren und mit einem PKW zusammengestoßen. Der Arme, dachte Charlotte. Doch er hatte Glück im Unglück gehabt und war wie durch ein Wunder mit Prellungen davongekommen.

Eine Hemsbacherin suchte verzweifelt ihren Hund, den ihr Unbekannte in einem VW-Bus beim Spazierengehen einfach vor der Nase weggeschnappt und mitgenommen hatten. Charlotte, die bekennende Tierfreundin, konnte den Schmerz der Hundebesitzerin aus Hemsbach nachvollziehen. Und da: Sie hatte die Schreckensmeldung beinahe übersehen. Schon wieder eine Frauenleiche, diesmal in Bensheim. Im Fürstenlager war eine Tote gefunden worden. Der Polizeibericht gab die Todesart aus ermittlungstechnischen Gründen nicht preis, doch es handelte sich mit ziemlicher Sicherheit um Mord, daran ließ der Bericht diesmal keinen Zweifel. Die

Frau war vom abendlichen Spaziergang um 22 Uhr mit ihrem Hund nicht heimgekehrt, und der Ehemann hatte eine Stunde später Alarm geschlagen. Der Hund war ebenfalls tot aufgefunden worden. Er war im Wasser des Parkteichs getrieben, und das fehlende Hundehalsband ließ auf einen Raubmord schließen. Es war laut Angaben des Ehemanns der Ermordeten mit edlen Steinen bestückt und von beachtlichem Wert gewesen. Der Ehemann beteuerte, er habe seine Frau schon oft gewarnt, das Halsband sei zu auffällig, aber sie hatte seine Bedenken als lächerlich abgetan.

Wegen eines Hundehalsbands ermordet zu werden, wie absurd, dachte Charlotte. Aber wir leben in einer absurden Welt, und Menschen sind schon wegen weniger als einigen wertvollen Glitzersteinen umgebracht worden.

Ob es wirklich Diamanten gewesen waren? Vielleicht war es ja nur Strass? Umso absurder, dieser Mord an Herrin und Hund.

Der Bericht über eine Prügelei in Weinheim unter Jugendlichen wegen eines Handys mit einem schwerverletzten 15-jährigen Jungen, dem die Angreifer brutal gegen den Kopf getreten hatten, erschütterte Charlotte zutiefst. Die Absurdität von Gier und von bloßer Gewalt. Unsere Gesellschaft verroht immer mehr, dachte sie.

Sie legte die Zeitung beiseite und schaute auf ihre Terrasse hinaus. Das Aufblühen der Natur, die Fülle der Blütenpracht und die beruhigende Wirkung der verschiedenen Grüntöne von Wiesen und Wäldern, die sich ihren Blicken boten, lösten in ihr tiefe Zufriedenheit und fast ein Gefühl von Glückseligkeit aus. Nach wie vor fühlte sie sich hier im vorderen Odenwald, im Weschnitztal, wohl und geborgen. Obwohl es das Paradies ohne Schlange nirgends auf der Welt gab. Alles um sie herum schien zu neuem Leben zu erwachen, sogar die Glyzinie, vor wenigen Tagen noch das traurige Opfer einer einzigen Frostnacht kurz nach Ostern. Ganz frisches Blätterwerk überwucherte die »Blütenleichen«, wie sie die schwärzlich herabhängenden Dolden im ersten Erschrecken genannt hatte. Unwillkürlich fiel ihr dieser seit einiger Zeit in Mode gekommene Spruch ein, den sie eigentlich hasste, weil er ihr so verlogen und heuchlerisch vorkam und den sie tunlichst vermied: *Alles gut*. Überall hörte man dieses Mantra. Im Supermarkt, auf der Straße, im Fernsehen, im Gespräch mit Bekannten.

Demonstrativ wiederholte sie: »Alles gut.«

Sie sagte es so laut, dass Puck, der unterm Tisch lag und schnarchte, erschreckt aus seinen Träumen hochfuhr. Charlotte musste unwillkürlich lachen, so drollig war der kleine Kerl unterm Tisch hervorgekrochen.

»Gut, dass du nur ein Hundehalsband von Aldi trägst und kein mit Diamanten bestücktes«, sagte Charlotte und gab Puck für entgangene schöne Träume ein Stück Käse ab. Käse in allen Variationen war neuerdings eine Obsession ihres Hundes. Beim Abräumen des Kaffeetischs gingen ihre Gedanken noch einmal zu dem Mord im Bensheimer Fürstenlager zurück. Seltsam, dachte sie, erst gestern wollte ich Sophie fragen, ob wir uns mal in diesem wundervollen Park treffen könnten.

Natürlich zusammen mit Puck, der trotz seiner Alterswehwehchen einem Spaziergang nie abgeneigt war. Ein imaginärer Rundgang führte Charlotte, Sophie und Puck zum Park hin, durch das Dörfchen, das einem immer das Gefühl gab, man »sei aus der Zeit gefallen«, wie eine Bekannte es einmal ausgedrückt hatte. Dann hoch zur Eremitage und über die sanften Hügel zwischen Bergstraße und Odenwald wieder zurück, zum Tempelchen der beiden Prinzen und an der Kirche vorbei zum Parkplatz hinunter.

Doch nun, angesichts des grausigen Geschehens, wäre ihr ein Ausflug zum Fürstenlager voyeuristisch vorgekommen. Sie stellte sich die Katastrophentouristen vor, die mit ihren I-Phones oder wie der moderne Schnickschnack sonst noch hieß, Fotos und natürlich »Selfies« schossen. Trotz der Absperrungen durch die Polizei, wenn möglich.

Ach, sei nicht so kritisch, schalt sich Charlotte selbst.

»Alles gut«, sagte sie ironisch und lächelte im Vorbeigehen im Flur ihrem Spiegelbild zu, bevor sie ihre Einkaufsrunde zwischen Edeka, Aldi, Post, Bank und Buchladen absolvierte. Sie schaute noch mal ins Wohnzimmer, aber Puck lag schon wieder schnarchend unterm Tisch und seufzte dabei mehrmals im Schlaf. Ob aus Kummer oder Wohlbefinden, wer wusste das schon? Er japste und zuckte, und vielleicht war er gerade dabei, in Träumen die Katze der Nachbarn zu verfolgen, seine Lieblingsfeindin. Nur Luna, die Hausgenossin mit dem lahmen Beinchen, akzeptierte der eingefleischte Katzenhasser Puck als gleichwertigen Vierbeiner im Haus seiner Herrin. Eine kleine Ausnahme war zudem Daphne, Sophies weiße Katzenschönheit, die er von seinen Besuchen zusammen mit seiner Herrin her kannte und tolerierte.

Ein diamantenes Hundehalsband, dachte Charlotte, wie absurd. Und sie zog die Tür hinter sich zu.

9. Kapitel | Die Villa

Was mich wohl erwarten wird, dachte Sophie, als sie das schmiedeeiserne Tor der Villa in der vornehmen Bensheimer Wohngegend öffnete. Es quietschte ein wenig, und Sophie erinnerte sich leicht amüsiert an alte Krimiverfilmungen, in denen quietschende und knarrende Türen zum unverzichtbaren Repertoire gehörten und als böse Omina gedeutet werden mussten. Ob Hitchcock oder Chabrol oder andere Altmeister des Krimi-Genres, sie nutzten alle die starke Symbolkraft der knarrenden Eisentore.

Gabriel Vonderheid. Architekt. So stand es auf dem edlen Messingschild.

Sophie wusste, dass ihr neuer Auftraggeber ein pensionierter Architekt war, einer, der seine Schäfchen ins Trockene gebracht hatte. Ein alter Mann also würde ihr die Tür öffnen und sie dann in ein Zimmer führen, wo das Gemälde, das sie restaurieren sollte, hochkant an die Wand gelehnt oder auf einer großen Staffelei platziert wäre. Am Telefon war vor geraumer Zeit der Termin über eine Frau vereinbart worden. Eine Sekretärin? Eher doch die Ehefrau, denn wozu benötigte ein pensionierter Architekt eine Sekretärin?

Die Frauenstimme hatte nicht nach einer älteren Frau geklungen. Eine »mittelalte« Stimme. Die Ehefrau oder wer auch immer am Telefon mit Sophie gesprochen hatte, klang energisch, fast ein wenig barsch. Eine Feldwebelstimme. Der betäubende Duft von Fliederbüschen begleitete Sophie, während sie vom schmiedeeisernen

Tor zum Hauseingang schlenderte, und vermischte sich mit dem morbiden Geruch, der allen alten Villen eigen ist und der schon aus den Kellerfenstern hochstieg.

Die Villa in der Heidelberger Panoramastraße, die Sophies liebenswert schrulliger Großtante Hedwig gehört hatte, besaß auch diesen merkwürdig süßlichen Leichengeruch. Sophie hatte damals als Teenager die Großtante zum Lachen gebracht, als sie diesen Geruch als Leichengeruch bezeichnet hatte. »Hast Recht, Kind«, war Hedwigs Antwort gewesen. »Das kommt daher, dass deine Großtante da einige Leichen im Keller hat.«

So herrlich makaber konnte man mit Großtante Hedwig scherzen, der alten Dame mit dem ausgeprägten Sinn für schwarzen Humor. Sophie merkte plötzlich, wie sie diese exzentrische alte Dame vermisste, die schon lange tot war. Wie das Madeleine-Gebäck, jene ovalen Sandtörtchen in Marcel Prousts Roman *Auf der Suche nach der verlorenen Zeit*, dachte Sophie. Sie lösen im Protagonisten Erinnerungen an seine früheste Jugend aus wie bei mir dieser merkwürdige süßlich-rauchige Geruch.

Sie wurde jäh aus ihrer morbiden Gedankenwelt gerissen, denn die Eingangstür zur Villa wurde geöffnet, und eine resolute Frau um die fünfzig pflanzte sich vor Sophie auf, die Hände in die breiten Hüften gestemmt. Die Frau trug so etwas wie die Uniform einer Haushälterin: eine weiße Bluse, dazu einen dunkelblauen Faltenrock. Darüber eine weiße Rüschenschürze und ein weißes Haarband im streng gescheitelten braunen Haar, das leicht ergraut war.

»Ich habe Sie schon von weitem kommen sehen. Sie haben Ihr Auto falsch geparkt. Unser Nachbar, Herr Dr. Burg-Nagel, wird nicht sehr erbaut sein davon, dass Sie Ihr Auto vor seinem Anwesen abgestellt haben.«

Die Stimme gehörte zweifelsohne dem Feldwebel von neulich.

»Da stand aber nichts von Parkverbot«, hörte Sophie sich kleinlaut sagen, und sie ärgerte sich darüber, dass sie sich wieder einmal von einer dominanten Person einschüchtern ließ. Auch das ist mein Lebensmuster, dachte sie: Herrischen Menschen bin ich irgendwie nicht gewachsen. Sie war sich dessen voll bewusst, und sie zwang sich zu dem mutigen Satz: »Ich bleibe da stehen. Was nicht ausdrücklich verboten ist, ist ja bekanntlich erlaubt.«

Nun bin ich ausnahmsweise mal über mich selbst hinausgewachsen, dachte Sophie. Na ja: Geht doch, oder?

Der Feldwebel, der offenbar nicht an Widerspruch gewöhnt war, schnaubte verärgert und fügte hinzu: »Wie Sie wollen. Ich zahle Ihre Knolle nicht.«

Sie meinte wohl »Ihr Knöllchen«, und jetzt erst merkte Sophie, dass der Feldwebel einen östlichen Akzent hatte. Eine Rumänin? Polin? Ukrainerin?

»Erschrecken Sie mir meine Besucherin nicht, Lisaweta. Nicht dass sie Reißaus nimmt und ich mein schönes Gemälde selbst restaurieren muss.«

Ein Mann trat aus dem Dunkel des Hausflurs in den sonnigen Türeingang hinaus.

Mit allem hätte Sophie gerechnet, nur nicht mit einem solchen Auftraggeber.

Kein ältlicher Herr mit Glatze, ausgeprägtem Bäuchlein und väterlichem Gehabe kam auf sie zu, sondern ein zwar nicht mehr junger, aber höchst eleganter, schlanker Mann von Anfang bis Mitte sechzig mit den sprichwörtlichen grauen Schläfen, distinguiert und gepflegt.

Er schüttelte der Besucherin herzlich beide Hände.

Den Feldwebel schien der Erdboden verschluckt zu haben.

»Keine Angst vor Lisaweta Endruscheit. Sie ist im Grunde eine Seele von Mensch, mein guter Geist im Hause und wahrlich unbezahlbar. Unersetzbar auch. Unglaublich tüchtig. Sie pflegt meine Mutter mit Hingabe und kümmert sich um alles hier. Einfach um alles! Und um alle hier im Haus, die ihre Hilfe brauchen.«

Er zögerte, als wolle er noch etwas hinzufügen, schien es sich aber anders zu überlegen. Dann räusperte er sich und bat Sophie, ins Haus zu kommen. Helle, hochmoderne Möbel verliehen der hohen und weiträumigen Diele eine freundliche und einladende Atmosphäre. Hie und da bildeten antike Pretiosen wie Kerzenleuchter, Porzellanvasen, Fayencen und Miniaturen einen hübschen Kontrast zu dem insgesamt modernen Ambiente, wie Sophies geübtes Auge blitzschnell erkannte. Die modische, geschmackvolle Kombination von Altem und Neuem.

Das war der absolute Kontrapunkt zum klaustrophobischen Engpass zwischen Schmiedeeisentor und Eingang. Der Hausherr ging der Besucherin voran, und erst jetzt merkte Sophie, dass mit Gabriel Vonderheids Gang etwas nicht stimmte. Er hinkte leicht. Er drehte sich um und bemerkte ihren Blick.

»Das Souvenir von einem Autounfall«, erklärte er sachlich. »Meine Frau hat damals das Abenteuer mit dem Leben bezahlen müssen. Ich hatte Glück, wie man so sagt.«

Eine leichte Verbitterung in seiner Stimme war unüberhörbar, und Sophie zog es vor, sich einen Kommentar zu sparen.

Die zweite große Überraschung des Tages wartete auf Sophie, als Gabriel Vonderheid die große Flügeltür zum Wohnzimmer öffnete und sich ihren Blicken eine Gemäldegalerie darbot, wie sie sie in einem Privathaus vorher noch niemals gesehen hatte. In einem spartanisch mit einigen wenigen Möbeln aus hellem Holz und Glas ausgestatteten Salon waren alle vier Wände von oben bis unten dicht an dicht mit Gemälden verschiedenster Größenordnung behängt.

»Petersburger Hängung«, rief Sophie überwältigt aus. »Wie in der Eremitage.«

»Sie kennen sich aus, Frau Dahm«, lobte der Hausherr die Besucherin und fügte hinzu: »Nun, Sie sind ja auch vom Fach, wie dumm von mir. Das macht richtig Spaß, mal wieder jemanden zu treffen, der kein Kunstbanause ist. Die Menschen werden immer platter, immer ungebildeter, immer weniger interessiert an schönen Dingen und an großer Kunst.«

Wieder dieser verbitterte Ton. Diese Kritik am Zustand der Welt.

Sophie rutschte heraus: »Es ist mein Job, mich für schöne Dinge zu interessieren. Für große Kunst. Ich werde dafür bezahlt.«

Sie erschrak über sich selbst. Wie taktlos von mir, dachte sie, er muss mich nun für berechnend und geldgierig halten. Doch der Hausherr, in Gedanken versunken, schien ihre letzte Bemerkung nicht registriert zu haben.

»Ach«, sagte er in leicht wehmütigem Ton, »ich bin schon länger im sogenannten Ruhestand, komme nur beim Kaufen und beim Ersteigern meiner Kunstobjekte mit Liebhabern des Schönen und Guten zusammen. Um es mit den Griechen zu halten, die für schön und gut das gleiche Wort verwendet haben. Wie taktlos von mir«, schalt er sich. »Ich alter Besserwisser.«

»Das ist aber kein Euphemismus«, erwiderte Sophie. »Keine Schönfärberei, wenn Sie das von sich sagen.«

»Gut gekontert, Frau Dahm«, erwiderte Gabriel Vonderheid, und er sah seine Besucherin lachend an. »Ich merke, auch Sie gehören zum Club der Besserwisser.«

Er hat die blauesten Augen der Welt, dachte Sophie. Er erinnert mich an … Ja an wen? War es Roger Moore in den alten 007-Filmen? Ja, es war Roger Moore. Da war sogar ein Leberfleck, oder war es ein Muttermal, oder so etwas wie eine kleine Warze, neben dem linken Nasenflügel, oder war es der rechte, wie beim James Bond-Darsteller? Ja, ihr neuer Auftraggeber musste früher genau wie der junge Roger Moore ausgesehen haben.

»Dies ist hier in meinem Salon wirklich wie in der Petersburger Eremitage, wie Sie schon feststellten«, sagte Gabriel Vonderheid.

»Ich sammle seit vielen Jahren, der Grundstock ist aber ererbt. Meine Eltern waren schon leidenschaftliche Sammler, und es gibt alte Familienstücke. Vor allem meine Mutter hat gesammelt. Das war einmal. Aus und vorbei.«

Wieder dieser wehmütige, bittere Ton. »Das Leben ist grausam. Nun liegt sie da oben in der Bel Etage. Als ein dahinvegetierendes

Gemüse, entschuldigen Sie den banalen Ausdruck. Hilflos. Und sie hatte einmal einen solch starken Willen.«

Hier schlich sich ein neuer, undefinierbarer Ton ein, den Sophie nicht hätte benennen können.

Wann wird er mir nun endlich meinen Auftrag zuweisen, fragte sich Sophie insgeheim. Ihre Neugier wuchs ins Unerträgliche.

Als habe er ihre Gedanken erraten, wies der Hausherr in leicht amüsiertem Ton mit einer weit ausladenden Geste auf alle vier Wände: »Und nun suchen Sie mal das Gemälde, das Sie restaurieren sollen.«

Sophie war zunächst sprachlos, dann stotterte sie verblüfft: »Also das … das ist mir noch nie passiert, dass ich meinen Auftrag erraten muss.«

»Dann passiert es Ihnen eben jetzt, liebe Frau Dahm«, ermunterte Gabriel Vonderheid die junge Frau. »Nun schauen Sie sich mal alles an.«

»Sie sind auf Frauen- und Kinderbildnisse spezialisiert, sehe ich«, stellte Sophie fest, und sie fuhr fort: »Und es sind großbürgerlich und sogar aristokratisch aussehende Kinder und Frauen. Mit Schoßhündchen, mit Katzen und Blumen. Idyllen zumeist aus dem 19. Jahrhundert. Biedermeierzeit, dann die späteren Gründerjahre bis zur Jahrhundertwende. Impressionismus, dann Jugendstil. Biedermeierrahmen. Ich sehe wenig Barock. Nein, überhaupt kein Barock, kein Rokoko, nichts aus dem 18. Jahrhundert. Und nichts Modernes. Keine moderne Kunst.«

Sie ließ den Blick noch einmal prüfend über die Gemäldesammlung schweifen.

»Und da sehe ich nun doch noch einiges aus den 20er und 30er Jahren, und … wie bin ich dumm.«

Sie blieb vor einem großen Gemälde stehen, einem Frauenbildnis. Frisur, Kleidung, die Art des Malens verriet, dass das Bild in den 50er Jahren gemalt worden war. Die Frau trug die hellblonden Haare elegant frisiert, sie sah aus wie eine Werbung der Marke

Wella, und mit ihrem weit ausgeschnittenen Kleid, dem Glockenrock, unter dem ein Petticoat hervorspitzte, glich sie den in hochhackigen Stöckelschuhen dahertrippelnden Damen, wie man sie aus alten Filmen kannte: Romy Schneider, Sophia Loren, Gina Lollobrigida, Brigitte Bardot, Grace Kelly, Jeanne Moreau.

Im Hintergrund nahm man einen Nierentisch wahr, auf dem eine schmale hohe Vase mit einer einzigen weißen Lilie stand. Durch das halbgeöffnete hohe Sprossenfenster sah man in einen Park mit Fliederbüschen in Lila und Weiß. Sophie hielt den Atem an. Der Fliederduft von vorhin stieg ihr in die Nase. Die grellblauen Augen der jungen Frau auf dem Bildnis. Der kleine Leberfleck neben dem linken Nasenflügel der Dargestellten. Das Haar des Sohnes, nun graumeliert, musste einmal vom gleichen Blond wie das blonde schöne Haar der Mutter gewesen sein.

»Sie sehen Ihrer Mutter sehr ähnlich«, sagte Sophie.

Sie behielt eine einzige Beobachtung für sich. Die Ähnlichkeit endete bei dem entscheidenden, das Gemälde störend beeinflussenden Merkmal. Es war der herrschsüchtige, geradezu kalte Ausdruck der Augen und der harte Zug um den ansonsten schönen Frauenmund. Unglaublich hart waren Mund und Augen mit einem Anflug von Grausamkeit.

»Sie hatte einen starken Willen, ja« sagte Gabriel Vonderheid, der vielleicht Sophies Gedanken erahnte.

Welch ein Euphemismus, dachte Sophie. Ein starker Wille. Ich würde es anders nennen.

Wen hatte diese Frau beherrscht?

Da entdeckte Sophie den Riss in der Leinwand von rechts unten nach links oben. Es fehlte an der oberen Körperhälfte ein kleines Stück Leinwand, an der Stelle, an der sich das Herz der Dargestellten befand. Und sie nahm nun beim Nähertreten zwei kleine Einstiche in den Pupillen der gemalten Frau wahr.

Sophie hätte gerne gewusst, wie es zu den seltsamen Beschädigungen gekommen war. Doch ihre Höflichkeit ließ sie schweigen.

»Mein Auftrag?«, sagte Sophie. »Setzen Sie mir eine Arbeitsfrist?«

»Keine Frist, nein«, sagte Gabriel Vonderheid. »Gut haben Sie das herausgefunden. Nicht alle Gemälde sind in perfektem Zustand. Das eine oder andere Bild hätte ebenfalls in Frage kommen können. Sie werden noch viel Arbeit haben mit mir.«

Er lachte.

»So viele Vorschusslorbeeren. Sie wissen doch nicht, ob ich eine gute Restauratorin bin?«

»Doch. Ich weiß es. Ich habe meine … meine Vorstudien betrieben. Meine Erkundigungen eingezogen.«

Er lachte wieder. Sophie war auf einmal sehr unbehaglich zumute.

Noch ein Privatdetektiv? Neben dem krankhaft eifersüchtigen Exfreund nun auch noch ein misstrauischer Auftraggeber? Es war ein schreckliches Gefühl, überwacht zu werden.

»Heutzutage wird doch jeder und alles bewertet, Frau Dahm: das Restaurant um die Ecke, die Ferienpension, die Dönerbude, der Romanschriftsteller, der Lehrer und der Frisör. Sogar der Schornsteinfeger. Warum dann nicht auch der Restaurator? Ich habe allerdings nicht im Internet nach Bewertungen Ihrer Person und Ihrer Arbeit geschaut«, fügte er etwas sarkastisch hinzu. »Ich habe gar keinen Computer. Ich hasse diese Dinger. Sie sind der Untergang unserer zivilisierten Welt, des zivilisierten Umgangs miteinander.«

»Und ich habe kein Handy«, lachte Sophie.

»So hat jeder von uns beiden ein bisschen was von einem Fossil«, sagte Gabriel Vonderheid. »Wir werden gut zusammenarbeiten.«

»Aber das Gemälde werde ich doch wohl alleine restaurieren?«

»Ich hoffe doch. Aber über Ihre Gage müssen wir uns noch unterhalten.«

Ein großzügigeres Angebot als das von Gabriel Vonderheid hatte Sophie vorher noch nie bekommen. So viele Überraschungen an einem einzigen Tag musste sie erst mal verkraften.

»Wie ich ja schon bemerkt habe, ist Ihre Sammlung von Kindern und Frauen sehr fürstlich, habe ich da Recht?«

»Ja, Sie sehen hier fast ausschließlich Angehörige des hessischen Adels. Eng verwandt mit dem russischen Zarenhaus und mit der englischen Aristokratie. Einige der fürstlichen Gemälde möchte ich Ihnen vorstellen. Oder besser: Sie sagen mir, welche Bildnisse Sie am meisten ansprechen, und ich gebe die Erklärung dazu ab.«

Sophie deutete auf ein mittelgroßes Pastell, einen Mädchenkopf.

»Das sieht ja aus wie ein von Kaulbach«, rief sie mit Kennerblick erfreut aus.

»Ja, stimmt. Vom Maler signiert 1903, und es stellt, wie man sagt, eine hochkarätige hessische Prinzessin dar. Elisabeth Prinzessin von Hessen und bei Rhein, eine Urenkelin von Queen Victoria, die mit acht Jahren an Typhus starb. Das Prinzessinnenhäuschen im Schloss Wolfsgarten bei Darmstadt ließ ihr Vater für sie erbauen. Großherzog Ernst Ludwig war völlig vernarrt in seine Tochter.«

»Diese Melancholie im Blick des Mädchens«, sagte Sophie. »Als ob sie schon eine Vorahnung hätte …«

Sie beendete den Satz nicht, ging weiter zum nächsten Bild, blieb versonnen davor stehen.

»Sie haben einen guten Geschmack, Frau Dahm«, bemerkte Gabriel Vonderheid. »Noch ein großer Porträtmaler des 19. Jahrhunderts. Er hatte ein ausgesprochenes Gespür für Schönheiten.«

»Oh, dann ist dies hier von Franz Xaver Winterhalter, der von der Schönheiten-Galerie.«

»Ja, so ist es. Und das Kind ist die kleine Alice, spätere Großherzogin von Hessen und bei Rhein. Eins der Kinder von Königin Victoria und Prinz Albert. Sie starb sehr jung mit 35 Jahren. Sie war sehr beliebt beim Volk, eine Wohltäterin.«

Er deutete auf ein etwas kleineres Bildnis, über einer Fotografie gemalt, und er erklärte: »Und dies hier ist ihre Tochter, Prinzessin Alix von Hessen und bei Rhein. Sie heiratete Zar Nikolaus und wurde Alexandra, Kaiserin von Russland. Mit ihrer gesamten Familie ereilte sie ein grausames Schicksal, wie wir wissen. Die ganze

Zarenfamilie wurde im Zug der Oktoberrevolution grausam ermordet.«

Ein hellwaches etwa sechsjähriges Mädchen schaute kritisch den Betrachter an.

»Grotesk, diese Schicksale«, sagte Gabriel Vonderheid. »Alexandra war wie ihre Mutter eine Wohltäterin, aber am Zarenhof war ihr soziales Engagement für Arme verpönt.«

Er fügte hinzu: »Ein bisschen wie Kaiserin Elisabeth von Österreich-Ungarn, die legendäre Sisi, die von einem politischen Fanatiker erdolcht wurde, dabei war sie modern und aufgeschlossen und reformfreudig.«

»Ja, ich weiß. Sie hat sozialkritische Gedichte geschrieben im Stil von Heinrich Heine, den sie verehrt hat. Ich habe gerade eine Biografie über sie gelesen. Sie war alles andere als die Kitsch-Sissi, wie man sie vom Film her kennt«, sagte Sophie. »All die tragischen Lebensmuster.«

Sie zeigte auf ein großes Ölgemälde in einem goldenen Rahmen und rief aus: »Oh, ausnahmsweise mal ein Familienbildnis!«

»Das sind die Prinzen Ludwig und Emil mit ihrer Mutter Luise. Näheres weiß ich nicht, das Gemälde ist nicht signiert, es war in Familienbesitz. Der Maler ist nicht bekannt.«

»Das sieht sehr innig aus«, bemerkte Sophie. »So wie man sich eine Mutter mit ihren Söhnen vorstellt.«

»Mag sein«, erwiderte der Hausherr, plötzlich kurz angebunden und nicht bereit zu weiteren Ausführungen.

»Dies hier ist auch nett«, lenkte Sophie ab. Der Stimmungsumschwung ihres Auftraggebers war ihr nicht entgangen. »Ein Mädchen im blauen Kleid mit einem braunen Setter.«

»Das Mädchen ist ein Junge. Die Buben trugen damals in den besseren Kreisen bis ungefähr zum fünften Lebensjahr Mädchenkleider.«

»Ja, ich weiß, und eigentlich hätte ich es gleich sehen müssen: Das Kind hat ein ausgesprochenes Jungengesicht. Wer ist … wer war er?«

»Unbekannt«, sagte Gabriel Vonderheid kühl. »Auch dies ein Erbstück der Familie. Ich hätte es nicht gekauft: ohne Signatur, ein anonymer Maler. Vom Standpunkt des Sammlers völlig uninteressant.«

War Sophie schon wieder in ein Fettnäpfchen getreten?

Im Stockwerk über dem Salon rief, nein, kreischte eine Stimme. Die Stimme einer sehr alten Frau.

»Meine Mutter«, sagte Gabriel Vonderheid. »Wir müssen unsere Museumsführung einstweilen beenden. Ich helfe Ihnen, das Gemälde hinauszutragen. Ich verpacke es schnell.«

Als Sophie kurz darauf durch das schmiedeeiserne Tor trat, sah sie sich nach der Villa um. An einem der Fenster der Bel Etage stand eine Person, die nicht genau zu erkennen war, denn das Sonnenlicht blendete zu sehr. Ein Vorhang bewegte sich. Sophie war es, als bohrten sich Blicke in ihren Rücken.

Eine sehr nachdenkliche Sophie saß am Abend an ihrem Lieblingsplatz im Erker zur Straße hin. Das junge Paar, grotesk anzusehen, er sehr klein, sie mit ihrer Körperfülle ihn fast erdrückend, kam eng umschlungen um die Ecke geschlendert. Sie blieben stehen und küssten sich, dabei musste er sich auf die Zehenspitzen stellen. Auf seinem Oberarm prangte das Tattoo einer Schlange oder eines Monsters.

Widerlich, dachte Sophie, doch sie musste zugeben, dass ein Gefühl von Neid sich in ihren Ekel mischte. Unverhohlener Neid auf das Glück der beiden. Sie schämte sich für ihre Missgunst.

Es fiel ihr ein, dass sie die Zeitung an diesem Tag noch nicht gelesen hatte. Für sie war es ein spannender Tag gewesen, doch was war sonst noch passiert? Ihr Blick blieb bei einem Artikel über den Fund der Frauenleiche im Park Fürstenlager hängen. Der Bericht war sehr knapp verfasst. Aus Diskretion? Sollte die Bevölkerung nicht beunruhigt werden?

So sehr war sie noch von ihrer Begegnung in der Villa gefangen, dass ihr das Gemälde der Prinzen Emil und Ludwig mit ihrer Mutter Luise einfiel, das sie heute in der interessanten Privatsammlung von Gabriel Vonderheid gesehen hatte. Das waren doch die beiden Prinzen, die posthum zu Ehren ihrer früh verstorbenen Mutter den Freundschaftstempel hatten errichten lassen, oder?

Wie hieß noch mal der Spruch, der oben an dem Monopteros angebracht war? Ja, nun erinnerte sie sich wieder: *In kindlicher Liebe.*

Erst vor kurzem war sie die Herrenwiese hochspaziert, war vor dem weißen Tempelchen stehen geblieben und hatte die Inschrift gelesen.

Das Telefon schrillte.

Charlotte möchte bestimmt wissen, wie der Tag war, wie mein neuer Auftrag so gelaufen ist, dachte Sophie.

Sie eilte zum Flur hinaus.

»Ich bin es«, flüsterte die Männerstimme.

Das ist eine andere Stimme als die bei den anderen Anrufen, ging es durch Sophies Kopf.

»Und ich werde mich wieder melden. Immer wieder. Bald. Und … keine Polizei, sonst …«

Die Drohung brach ab.

»Wer sind Sie? Lassen Sie mich in Ruhe«, hörte Sophie sich schreien. Noch nie hatte sie so grässlich geschrien.

Der anonyme Anrufer hatte aufgelegt.

Sie fragte sich, ob er diesmal wieder gehüstelt hatte. Irgendwie hatte sie es nicht registriert. Wie verwirrt ich bin, wie zerstreut, dachte sie. Morgen kommt Ferdinand aus Bremen zurück. Ich werde ihn um Rat fragen. Keine Polizei, hat der Kerl am Telefon gesagt. Doch Ferdinand ist nicht mehr im Dienst. Ihn werde ich fragen dürfen.

Absurd kam ihr dieser Gedanke vor, so als müsse sie sich rechtfertigen vor ihrem Peiniger.

Mit der Arbeit werde ich anfangen, gleich morgen in aller Frühe.

Ein schlimmer Traum quälte sie.

In diesem Traum hieß sie mal Alice, mal Alix, mal Luise und Alexandra, und sie war eine liebende Mutter mit einer großen Kinderschar. Dann nannte jemand sie Queen. Queen Victoria. Die hatte einen liebenden Mann, wie die Geschichtsbücher zu berichten wussten. Prinz Albert. Und sie waren beide vernarrt in ihre Kinder. Sophie-Victoria-Alice-Alix-Alexandra-Luise ging durch eine süßlich riechende Gegend, und sie verhedderte sich in ihrer Krinoline, die unter einem grün-blaukarierten weiten Rock sichtbar wurde, und sie fiel hin.

Eine unpraktische Kleidung, dachte die Traum-Sophie. Du hast doch keine Kinder, sagte sich dieses seltsame Frauenwesen aus einem anderen Jahrhundert. Und du bist selbst schuld. Warum findest du nicht endlich den Richtigen? Den Mann fürs Leben? Wer das sagte, war eine Frau mit sehr blauen Augen und einem harten Zug um den Mund, der sich plötzlich zu einem spöttischen Lächeln verzog.

Sophie erwachte, es war kurz nach Mitternacht, und sie war froh, dass der Traum zu Ende war. Sie ging zur Eingangstür und versicherte sich, dass sie abgeschlossen war. So weit ist es schon mit mir gekommen, dachte sie. Ich werde langsam verrückt. Paranoid. Sie nahm Katze Daphne mitsamt Körbchen und stellte es vor ihrem Bett ab.

»Du musst mich beschützen, meine Schöne«, sagte sie zu Daphne, die weiterschlief, ohne sich um die Ängste ihrer Herrin zu scheren.

Typisch, dachte Sophie, da hätte ich mir lieber Charlottes Hund, den besten Freund des Menschen, ausleihen sollen. Aber Katzen sind und bleiben egoistische Biester, Schönheit hin, Schönheit her. Ich klinge schon so bitter wie mein neuer Auftraggeber. Aber trotzdem ein interessanter Mann, dieser Gabriel Vonderheid. Ob ich ihn einweihen sollte in …?

Sie verwarf den Gedanken sogleich, besann sich auf Ferdinands und auf Charlottes Ratschläge. Charlotte wird mich nicht im Stich lassen. Sie ist wie eine Mutter für mich, war es schon immer.

Der Gedanke an die geliebte Tante erfüllte Sophie mit einem Gefühl von Zuversicht.

»In kindlicher Liebe«, seufzte sie und schlief wider Erwarten sofort ein.

In der Vonderheidschen Villa brannten die Lichter noch bis spät in die Nacht. Der Hausherr ging unruhig im Zimmer auf und ab. Schließlich setzte er sich in den tiefen Ohrenbackensessel am Kamin und nahm geistesabwesend das in Hochglanz gebundene Magazin des Wiener Kunstauktionshauses Kinski zur Hand, das auf einem Stapel neben ihm auf dem Teppich lag, blätterte ziellos darin.

»Das ist eine merkwürdige Person, die heute ins Haus gekommen ist«, sagte plötzlich eine Stimme hinter ihm.

Erschrocken fuhr er herum. Die Haushälterin war lautlos ins Zimmer getreten.

»Sie hat falsch geparkt.«

»Lisaweta, nun lassen Sie aber die Kirche im Dorf«, erwiderte Gabriel Vonderheid mit einem gequälten Lächeln. »Das ist doch kein Verbrechen.«

Die Frau zog die schmalen Brauen hoch und schwieg.

»Wenn Sie meinen«, sagte sie nach einer kleinen Pause, und in ihrer Stimme lag ein Gemisch aus Gekränktsein und Ärger. »Sie sind schließlich der Hausherr. Aber Sie sollten nun doch zu Bett gehen.«

Mit diesen Worten verließ sie ebenso lautlos den Raum, wie sie ihn betreten hatte. Wie von Geisterhänden schien die Tür sich sachte von selbst zu schließen.

Gabriel Vonderheid fröstelte. Er legte das Magazin aus der Hand. Wenn ich nicht so sehr auf sie angewiesen wäre, bekäme sie schon morgen die Kündigung, dachte er. Aber niemand würde sie ersetzen können bei der Betreuung …

Und er überlegte, ob er Lisaweta morgen schon eine Gehaltserhöhung anbieten solle.

»Sie sind schließlich der Hausherr«, klang es ironisch in seinen Ohren, während er langsam die Treppenstufen hoch in sein Schlafzimmer ging.

10. Kapitel | »Das Meer erglänzte weit hinaus«

Ferdinand war endlich von seiner verlängerten Reise zurück.

»Ich hab dich schrecklich vermisst«, sagte er und schloss Charlotte in die Arme.

»Und unsere Vierbeiner auch«, meinte er, kraulte Puck das Fell und schaute sich suchend nach Luna um.

»Die ist wieder auf Pirsch. Im Mai schmecken die Mäuse im vorderen Odenwald besonders gut«, lachte Charlotte. »Sie sind rund und fett, die Odenwaldmäuse. Und ihr lahmes Hinterbeinchen ist Luna völlig egal.«

Ferdinand packte nun aus, und das im wahrsten Sinn des Wortes. Zwei flache Päckchen legte er vor Charlotte auf den Tisch mit dem Kommentar: »Und wenn du dir meine Geschenke angeguckt hast, dann erkläre ich dir endlich, warum ich das Heimkommen immer wieder hinausgeschoben habe.«

»Darf ich raten? Eine andere Frau«, scherzte Charlotte. »Natürlich eine Jüngere. Das übliche Muster. Und in den beiden Päckchen: ein Buch und eine CD.«

»Erraten, was die Geschenke betrifft. Daneben geraten bei der anderen Sache.«

»Was zuerst? Das Geschenke-Auspacken oder das Motiv-Auspacken?«

»Das Angenehmere bitte zuerst, liebe Charlotte«, erwiderte Ferdinand und schob Charlotte das flachere Päckchen zu.

Beim Anblick der CD rief Charlotte voller Freude: »Nein, so eine Überraschung. Du bist wirklich umwerfend. Das Lied vom Meer von Heinrich Heine. Und dann noch von Fischer-Dieskau gesungen. Wunderbar.«

»Ja, ich dachte mir, wir lassen beim gemeinsamen Anhören der Schubertmusik unsere schöne Zeit auf Norderney aufleben. Das Kaffeetrinken auf der Marienhöhe im runden Pavillon, wo Heine das Gedicht am Meer verfasst hat.«

Charlotte lachte: »Halt, halt, lieber Ferdinand, nun muss ich dir aber eine Illusion rauben. Heine hat das Gedicht schon vor seiner Norderney-Reise geschrieben, wie ich mittlerweile weiß, und der Pavillon wurde erst viel später von den Heine-Fans erbaut.«

»Egal, eine schöne Illusion, und dem Gedicht und dem Lied tut die Legende keinen Abbruch.«

»Hast Recht. Und nun zum Buch. Was von Heine?«

»Nur indirekt. Du wirst es nicht erraten.«

Charlotte packte wie ein Kind an Weihnachten in fiebriger Eile das zweite Päckchen aus.

»Oh«, es verschlug ihr beinahe die Sprache. »Eduard Graf von Keyserling. *Dumala*. Den Roman kenne ich noch nicht. Ich liebe Keyserling, den Fontane des Baltikums. Das weißt du ja. Doch was hat die Ostsee mit unserer Nordsee zu tun?«

»Dann schlag mal die erste Seite auf.«

Charlotte las laut: »Der Pastor von Dumala, Erwin Werner, stand an seinem Klavier und sang:

Der Nebel stieg, das Wasser schwoll,
die Möwe flog hin und wieder.«

Sie unterbrach, fuhr fort:

»Das ist ja das Lied vom Meer. Keyserling zitiert Heine, wie schön. Ich weiß ja, dass du wunderbare Geschenke machst, aber das hätte ich dir nicht zugetraut.«

Charlotte umschlang den Hals ihres Lebensgefährten.

»Na, was soll das heißen: Du hättest es mir nicht zugetraut?

Einem ungebildeten Ex-Kripochef hätte die Frau Oberstudienrätin solch einen schöngeistigen Einfall nicht zugetraut?«

Ferdinands leicht pikierter Ton war nicht gespielt.

»Ach. Du und deine Minderwertigkeitskomplexe. Du Dummer«, besänftigte Charlotte den Gekränkten. »Nun aber dein Geständnis.«

»Es hat mit Alexander zu tun. Du weißt ja, wie sehr man sich, weil man keine eigenen Kinder hat, für eine Nichte oder einen Neffen engagieren kann. Also um es kurz zu machen: Alexander ist von seiner Frau verlassen worden. Ohne Vorwarnung. Er ist am Boden zerstört. Sie hat sich in einen anderen verliebt, und Alexander hatte keine Ahnung, obwohl das Ganze schon seit Monaten läuft.«

»Gut, dass keine Kinder da sind«, entfuhr es Charlotte, die in ihren Berufsjahren oft das Leid der Scheidungskinder mitbekommen hatte.

»Er wird sich erholen«, sagte Ferdinand. »Ich glaube sogar, ich habe ihm auch ein wenig helfen können. Ich war einfach da, ließ ihn reden. Stundenlang. Alexander nimmt sich erst einmal eine Auszeit im Beruf. Er will vielleicht reisen. Er weiß es noch nicht.«

»Sich selbst kann er aber nicht entfliehen auf seinen Reisen. Er nimmt sich überall hin mit«, sagte Charlotte. »Selbst auf die entfernteste Insel.«

»Stimmt. Aber jeder hat seine eigene Methode, mit Krisen umzugehen.«

Beide hingen ihren Gedanken nach, dann unterbrach Charlotte die Stille.

»Hören wir die CD?«, schlug sie vor.

Fischer-Dieskau sang gerade die erste Zeile des Lieds:

Das Meer erglänzte weit hinaus
im letzten Abendscheine;
wir saßen …

Da klingelte das Telefon.

Eine völlig aufgelöste Sophie eröffnete ihrer Tante schluchzend, dass der Mobber oder Stalker, oder wie immer man ihn nennen wollte, sie schon wieder angerufen habe. Ihr Leben sei in Gefahr, es ginge ihr bald wie den anderen Frauen. Wie der Frau von Darmstadt und auch der von Bensheim-Auerbach. Er habe so merkwürdig gehüstelt. Und er habe ihr gedroht: Wenn sie die Polizei einschalte, würde sie es bereuen.

Ferdinand stellte die CD ab. Es war keine Zeit für Nostalgie und Romantik.

»Sophie braucht uns«, sagte Charlotte, und sie erzählte ihrem Lebensgefährten von Sophies Problemen: dem Beenden ihrer Beziehung zu Torsten Blessing und den mysteriösen Anrufen, die sie Charlotte gegenüber bisher eher bagatellisiert hatte.

»Mit Mobbing, Stalking und anonymen Drohungen hatte ich oft zu tun«, meinte Ferdinand. »Diese Phänomene gehören zum Umfeld vieler Mordfälle. Hat Sophie auch von Belästigungen am PC erzählt? Cybermobbing ist doch was Modernes.«

»Sie hat gesagt, es sei nur Telefonterror. Böse Mails hat sie wohl keine bekommen.«

»Ist der Täter ein Computer-Abstinenzler? Das ist ja fast eine Rarität. In den letzten Dienstjahren hat das Mobbing per PC sehr zugenommen. Vor allem unter den Jüngeren.«

»Man könnte meinen, das sei ein ganz altmodischer Psychopath. Ein älterer Mann?«

»Möglich, ja.«

Beide schwiegen.

»Sophie wird die Nacht hier verbringen«, sagte Charlotte. »Sie wird gleich hier sein.«

Als Sophie nach einer Stunde immer noch nicht aufgetaucht war, fuhren Charlotte und Ferdinand nach Bensheim zur Wohnung der jungen Frau.

11. Kapitel | Ein Spiel

Nein, so leicht fiel mir die Zurückweisung nicht.

Die Gleichgültigkeit war gespielt. Ich habe von Anfang an gemerkt, dass sie geradezu erleichtert war, einen Grund zu haben, unsere Beziehung zu beenden.

Sie hat mich behandelt, als sei ich ein Psychopath, ein krankhaft Eifersüchtiger, aber sie muss ein Verhältnis gehabt haben mit diesem Dr. Pflästerer, ihrem ehemaligen Kollegen. Es muss etwas dran gewesen sein an dem, was Veronika Wolk mir im Vertrauen zu verstehen gab. Kein Gerücht, nein. Wenn der Privatdetektiv auch nichts Kompromittierendes herausfinden konnte, was beweist das schon? Sie hat mich in meiner Ehre gekränkt, und niemals werde ich diese Kränkung verzeihen. Sie wird keine Ruhe mehr bekommen, ich werde sie zermürben. Vorsichtig werde ich dabei vorgehen. Keine Frau beleidigt mich ungestraft. Gut, wie ich dies alles bisher inszeniert habe. Die verstellte Stimme. Das Hüsteln. Sie hat mich nicht erkannt. Wie sollte sie?

Schon immer war ich ein Meister des Verstellens.

Mein schauspielerisches Talent während der Schulzeit und später während des Studiums als Mitglied der Studentenbühne, nun hat es sich bewährt. Gut, dass ich ihr nie davon erzählt habe.

Ich bin gespannt auf den Ausgang des Theaterstücks. Die Komödie amüsiert mich ungemein.

Ich bin der Theaterdirektor, und das Beste an der Inszenierung:

Die Puppen sind machtlos und tanzen nach meiner Regieanweisung.

Welch ein Spaß.

12. Kapitel | Asyl

Erleichtert atmeten Charlotte und Ferdinand auf, als sie an Sophies Tür klingelten und die junge Frau vor ihnen stand.

Zwar blass und dünner als sonst, wie es der besorgten Tante erschien, doch wohlbehalten und fast ein wenig erstaunt, dass man ihretwegen sich solche Sorgen machte.

»Ich habe noch ein wenig an meinem neuen Auftrag gearbeitet«, erklärte Sophie und wischte sich die farbbeschmierten Finger an einem Tuch ab. »Ich habe nicht damit gerechnet, dass ihr mich gleich bei euch erwartet. Meine Arbeit ist immer meine beste Medizin. Und mein Restaurieren lenkt mich am besten ab, ich versinke da in meiner Welt. Ich bin übrigens überzeugt, dass der Terror-Kerl nur einen üblen Scherz mit mir treibt. Er verstellt jedes Mal seine Stimme.«

»Am Telefon hast du aber ganz anders als souverän und gelassen gewirkt.«

Die Worte der Tante klangen fast ein wenig vorwurfsvoll.

»Zudem der harmlose Kerl, wie du ihn jetzt nennst, auch von den anderen Frauen geredet hat, diesem Mordopfer von Auerbach und von Darmstadt.«

»Es gibt doch die berühmten Trittbrettfahrer, oder?«, sagte Sophie zu Ferdinand gewendet. »Das muss doch nicht gleich der Frauenmörder gewesen sein.«

»Ja, die sind mir oft genug begegnet während meiner vielen

Dienstjahre, diese Trittbrettfahrer«, erwiderte der ehemalige Kripochef. »Die haben unsere Arbeit immer erheblich blockiert. Aber die Sache ist trotzdem nicht auf die leichte Schulter zu nehmen.«

»So gelassen, wie ich vorgebe, bin ich nicht«, meinte Sophie und setzte sich. Sie schaute die beiden flehend an.

»Aber ich möchte nicht, dass zu viel Aufhebens gemacht wird, und immerhin hat der Kerl mich gewarnt, die Polizei einzuschalten.«

»Ich gelte ja schon nicht mehr als Polizei«, beruhigte Ferdinand die junge Frau. »Daher gehe ich morgen aufs Polizeipräsidium und besuche meinen Nachfolger und Freund, Gregor Weingartner. Ich werde Informationen zu den beiden Morden einholen. In der Zeitung hat man ja nichts erfahren, man kann es auch nicht. Aus Diskretionsgründen. Es gibt da eine bindende Schweigepflicht.«

»Um Himmels willen«, rief Sophie entsetzt. »Du wirst doch nicht mein Geheimnis ausplaudern bei deinem Freund, dem Kripochef?«

»Ich gebe dir mein Wort, liebe Sophie, ich werde nur Informationen einholen, keine geben. Wer weiß, vielleicht gibt es ja so etwas wie ein Muster, eine Verbindung zwischen den beiden Morden …«

»Und das Muster würde sich dann bei mir fortsetzen?«

Sophie schlug die Hände vors Gesicht. »Ich verstehe.«

Charlotte und Ferdinand sahen sich schweigend an.

Sophie gab sich einen Ruck, dann sagte sie: »So, und nun wasche ich nur noch die Malpinsel aus und gehe dann mit Sack und Pack für ein oder zwei Tage zu euch.«

»Dürfen wir das Gemälde mal inspizieren?«, fragte Charlotte.

Sophie führte die beiden in ihr Atelier nebenan. Die 50er Jahre-Schönheit schaute in ihrem Rahmen den Betrachtern entgegen.

»Wie kalt, diese Augen«, rief Charlotte spontan aus.

»Und der Mund hat was Grausames, obwohl es ein schöner Mund ist«, kommentierte Ferdinand.

»Wer ist die grausame Schöne?«

»Marlene Vonderheid, die Mutter meines Auftraggebers.«

»Ist das der Architekt Vonderheid?« Ferdinand schien erstaunt. »Steinreich und früher angeblich in diverse Machenschaften verwickelt. Schiebereien bei großen Bauprojekten, solche Sachen. Aber er hatte gute Anwälte und man konnte ihm nichts Konkretes nachweisen. Und vielleicht war er ja wirklich das Opfer einer Verleumdungskampagne. So haben es seine Anwälte jedenfalls sehr glaubhaft vor Gericht hingestellt.«

Er schwieg, schien in Gedanken versunken.

Schade, dachte Sophie. Ein Schatten legte sich über sie.

Gabriel Vonderheid, ihr großzügiger Auftraggeber. Ein passionierter Sammler, Kunstfreund, ein Gleichgesinnter. In dem Moment wurde es Sophie klar, dass sie sich in diesen Mann ein wenig verliebt hatte. Sie wusch ihre Malpinsel aus, packte ihre Siebensachen für zwei Nächte zusammen und zog in Begleitung von Katze Daphne vorübergehend nach Birkenbach.

Die weiße Katzenschönheit war ein aparter Kontrast zu den beiden »schwarzen Ungeheuern« Luna und Puck. Da Sophie nicht zum ersten Mal in Daphnes Begleitung für einen oder zwei Tage bei ihrer Tante erschien und Luna und Puck beide als Familienmitglieder akzeptierten, kam es nicht zu lästigen Eifersüchteleien unter Haustieren. Zudem gefiel sich Puck in seiner abgeklärten Altersweisheit, und Luna spielte gerne die lässige Großzügige.

Charlotte musste lächeln, als sie die drei Tiere beobachtete, die sich mit der Situation arrangierten. Und sie freute sich darüber, ihrer Lieblingsnichte Asyl gewähren zu dürfen. Wozu war man schließlich die erkorene Lieblingstante?

Katze Luna schaute von ihrem erhabenen Kissen vom Sofa oben herab auf den vierbeinigen Hausgast, und ihr Blick schien zu sagen: Ich könnte auch anders, wenn ich nur wollte.

13. Kapitel | Die Eremitage

Er schlurfte das steile Pfädchen neben der Herrenwiese hoch. Oder schwebte er? Unter ihm lag das prachtvolle Gebäude des Herrenhauses. Wie mutig er doch war! Im Morgengrauen hierherzukommen, wo vielleicht Wachpersonal und ein Polizeiaufgebot den Park kontrollierten. Doch was hatte er sich vorgestellt: weit und breit niemand. Ein Gefühl von Unwirklichkeit durchdrang ihn. War es möglich, dass niemand ihn aufhielt? Es war fast wie im Traum, wo das Unmögliche wahr wird.

Die Kugelbäumchen vor dem Herrenhaus sahen von hier oben elegant und niedlich aus, eine Bilderbuch-Szenerie. Und die zusammengeklappten Sonnenschirme, die Tische und Stühle warteten auf Gäste, aber das würde noch Stunden dauern, bis die ersten Besucher in den englischen Landschaftsgarten strömten. Da wäre er schon wieder zuhause in seiner Festung. In Sicherheit.

Man sagt, den Täter zieht es an den Ort der Tat zurück. Es ist wohl was Wahres dran an dem Spruch. Aber das ist nicht der einzige Grund. Am Weißzeug-Häuschen befindet sich eine Absperrung, sonst nichts, dachte er. Lächerlich. Wenn das Kind in den Brunnen gefallen ist … Wie er diese Polizisten verachtete.

Sie suchen nach einem Raubmörder. Er musste laut auflachen und erschrak über seine eigene Stimme, die einen seltsamen Widerhall erzeugte. Wie ein tausendfaches Echo. Seine Ohren schmerzten.

Das hatte er in der Zeitung gelesen, dass sie einen Raubmörder suchten. Zumindest war es zwischen den Zeilen zu lesen, wenn man schlau war wie er. Ein Raubmord, ha.

Wie er erwartet hatte. Eine Prachtidee, das Hundehalsband mitzunehmen. Die sind auf den Köder hereingefallen. Und nun muss ich nur ein bisschen warten, Geduld haben, und sie werden noch einmal Arbeit kriegen. Mal sehen, was so des Weges kommt. Es war ein ungeheures Abenteuer. Er war am Tempelchen angekommen, blieb kurz stehen, las die Inschrift auf dem Architrav: *In kindlicher Liebe.* Die Lettern, die sonst in Gold prangten, erschienen ihm heute blutrot. Er riss sich mit Mühe los, denn hier konnte er nicht verweilen. Dieser Ort war für … später. Für die Krönung.

Er schlurfte in Richtung Osten. Am nördlichen Hang der Apfelallee lag in dunklen Taxusbüschen eingebettet die russische Kapelle. Aber nein, die russische Kapelle war ja längst zerstört. Doch er nannte dieses kleine Gebäude inmitten der Baumgruppe gerne so, denn es wirkte wie eine Kirche mit seinem Vorbau und dem Türmchen obendrauf, wenn es auch kein Zwiebeldach hatte wie die russischen Kirchen. Es war einmal als Spielhaus für die Kinder bei Hofe, nie als Kapelle genutzt worden. Lehrer Sanftleben hatte einmal davon gesprochen. Die Einsiedelei, auch Eremitage genannt, diente den Darmstädter Aristokraten als Rückzugsmöglichkeit. Erbärmlich heruntergekommen sah die Eremitage aus, denn die Schindeln aus Rindenholz waren verfault oder fehlten ganz, die dummen Touristen stahlen entweder die Birken- und Eichenschindeln oder schnitzten alberne Symbole hinein: Herzen und anderen Unsinn. Die läppischen Verliebten, wie er sie hasste.

Die Eremitage, die er beharrlich für sich russische Kapelle nannte, erinnerte ihn an Alexandra Fjodorowna, Kaiserin von Russland, die vor ihrer Heirat mit Zar Nikolaus Alix hieß, Prinzessin von Hessen und bei Rhein. Das arme Weibsbild war 1918 zusammen mit ihrer ganzen Familie in Jekaterinenburg ermordet worden. Sie soll eine gute Mutter gewesen sein. So viele gute Mütter hatte es in den hessischen Adelshäusern gegeben: Luise, die Mutter von Emil und Ludwig, die den Monopteros erbauen ließen. Emil. Ja, Emil. Er musste lachen, und wieder erschrak er über den Klang seiner eigenen Stimme, die als Echo widerhallte, seltsam meckernd. Jener Emil hatte Glück gehabt. Seine Mutter liebte ihn.

Alice, die Tochter von Queen Victoria von England. Alix alias Zarin Alexandra. All die vielen guten Mütter.

Er schlurfte weiter, an den verfallenden Rundfenstern der Eremitage vorbei, verbarg sich hinter dem Portikus mit dem offenen Glockentürmchen. Er hatte Schritte gehört. Tapp-tapp-tapp. Leichte, federnde Schritte.

Er lugte ganz vorsichtig hinter seinem Versteck hervor. Mit dem Rücken zu ihm stand da eine Joggerin, machte Dehnübungen. Ein dünnes, zartes junges Dingelchen. Ein blonder Zopf schaute unter der Schirmmütze hervor. Sie war völlig außer Puste, stellte ihre Gymnastik ein, setzte sich ins Gras, schwer atmend. Sie hielt sich beide Seiten, als habe sie Schmerzen. Sie schloss die Augen. Zwei starke Hände, Hände wie Schraubstöcke, umschlossen den zarten Hals der jungen Frau. Sie hatte keine Chance zur Gegenwehr.

Warum hat sie sich nur ins Gras gesetzt, ging es ihm durch den Kopf, während er die Tote hinter die Kapelle schleifte.

Leichtsinnig wie alle Frauen. Und hirnlos.

Warum musste sie überhaupt hierherkommen? Und noch so früh am Morgen?

Wie unvorsichtig für eine schutzlose Frau, nach allem, was hier geschehen ist.

Er schaute noch einmal auf die Tote hinab, voller Verachtung und Tadel. Da erblickte er am zarten Handgelenk der jungen Frau ein Schmuckstück. Er bückte sich mühsam und nahm ein ledernes Armband wahr, an dem ein kleiner silberner Anhänger baumelte.

Es war ein Tier mit Hörnern. Ein Steinbock.

Sie ist also im Dezember oder im Januar geboren, eine Steinbockfrau. Das sind die Schlimmsten, dachte er. Pessimistisch und ehrgeizig. Sie wollen immer hoch hinaus. Er kannte keine

Steinbockfrauen, aber irgendwo in einem Horoskop-Buch hatte er das gelesen. Und sie sind hartherzig und geldgierig, hieß es in dem Buch. Das hatte sie nun von ihrem sportlichen Ehrgeiz, die Kleine mit dem blonden Zopf. Er kicherte in sich hinein.

Er besah sich den silbernen Anhänger noch einmal genauer und stutzte.

Nein, er hatte sich geirrt. Das war kein Tier mit Hörnern, sondern ein Löwe. Noch schlimmer. Die Frauen, die im Zeichen des Löwen geboren waren: Sie mussten ständig dominieren, immerzu ihre Stärke zeigen. Wie sie damals. Wie erbärmlich schwach er sich gefühlt hatte in ihrer Gegenwart. Ihm schwindelte. Grenzenlose Ohnmacht lähmte seine Glieder.

Er streifte das Armband vom Handgelenk der Toten und steckte es ein. Eine Trophäe. Das Souvenir würde sich gut neben dem Hundehalsband machen.

Kopfschüttelnd machte er sich auf den Heimweg. Er kannte einen Geheimpfad an der Bergkirche vorbei.

Die Straßen waren menschenleer. Ganz vorsichtig schlich er sich in die Villa. Das schmiedeeiserne Tor hatte kein bisschen gequietscht diesmal. Gut, dass er gestern Abend daran gedacht hatte, die Scharniere zu ölen. Oder war es vor einer Woche gewesen oder einem Monat? Nein, das war irgendwie unlogisch. Ihm schwindelte der Kopf. In seinen Schläfen hämmerte das Blut. Sein Herz schlug, als wolle es gleich zerspringen.

Er hätte keine Sekunde später heimkommen dürfen, denn ganz oben in der Mansarde hörte man schon jemand herumkramen. Sie ist heute noch früher auf den Beinen als sonst, wunderte er sich. Er schlich in sein Zimmer und schloss die Tür ganz sachte hinter sich.

Die Tür hob sich plötzlich aus den Angeln, zerbarst in tausende und abertausende kleine Splitter, die sich in sein Herz bohrten, in seinen Körper.

Schweißgebadet wachte er auf. Er hatte die ganze Zeit über gewusst, dass er diesen Mord nur geträumt hatte, obwohl alles so real wirkte. Mit dem in tiefen Schichten vergrabenen Wissen des Träumers, dass ein Traum nie und nimmer Wirklichkeit ist. Wie ein grenzenloses Versagen erschien ihm die Erkenntnis, dass er das Mädchen nur als Träumender getötet hatte.

Er würde das Versäumte nachholen. Er würde ins Fürstenlager zurückkehren. Und er würde nicht mehr lange damit warten.

Vor allem aber würde er nichts mehr dem Zufall überlassen.

14. Kapitel | Der Neue

Ein enttäuschter Ferdinand kam vom Morddezernat zurück, dessen Chef er vor nicht allzu langer Zeit noch gewesen war.

»Dass man ersetzbar ist und die Erde sich weiterdreht, auch wenn man pensioniert ist, das habe ich schon gewusst, aber das heutige Erlebnis war ernüchternd.«

Er musste sich erst einmal hinsetzen, und dann berichtete er Sophie und Charlotte, was ihm an seiner langjährigen früheren Arbeitsstätte widerfahren war.

Charlotte goss ihrem müde und frustriert aussehenden Lebensgefährten eine Tasse englischen Tee ein, das erkorene Lebenselixier des Paares.

»Also«, begann Ferdinand. »Zunächst einmal war mein alter Freund Gregor Weingartner nicht da. Er ist schon seit längerer Zeit krankgeschrieben, und ein junger Schnösel namens Oliver Keck vertritt ihn, bis Gregor wieder arbeitsfähig ist, was man zu bezweifeln scheint. Gregor ist wohl ernstlich krank. Ich muss mich unbedingt bei ihm melden, habe schon ein schlechtes Gewissen, weshalb ich es nicht schon früher getan habe. Ich habe doch allerhand verpasst während meines Urlaubs im Norden. Der junge Keck, der seinem Namen alle Ehre macht, ist nicht nur der nassforsche Aufsteiger-Typ, sondern auch ein pingeliger Bürokrat der übelsten Sorte, dazu arrogant. Und mir gegenüber war er geradezu taktlos. Jeden meiner Versuche, einige Informationen über die

Frauenmorde zu bekommen, blockte er gleich ab, und sein Gesichtsausdruck sprach Bände: ›Du alter Kerl hast hier nichts mehr zu melden. Deine Zeit ist endgültig vorbei‹.«

Er seufzte und nahm einen großen Schluck aus seiner Teetasse.

»Ihr hättet mal sehen sollen, wie breit und behäbig der in Gregors Chefsessel drinsaß. Dazu sein anmaßendes Grinsen. Wie einer dieser Fieslinge in den Columbo-Folgen. Nur sind die meist attraktiver im Äußeren.«

»Die Fieslinge, die dann aber am Ende doch ganz schön lächerlich dastehen und gar nicht mehr überlegen grinsen«, unterbrach ihn Charlotte. »Und oft sind diese fiesen Täter ja auch Polizeikollegen unseres geschätzten Inspektor Columbo.«

Und sie fügte beruhigend hinzu: »Und vielleicht ist Gregor Weingartner auch nicht so krank, wie es dahingestellt wird, und das Keck-Intermezzo ist nur ein kurzer Alptraum.«

»Ja, hoffentlich«, gab Ferdinand der ewigen Optimistin Charlotte Recht. »Und wenn Gregor zurück ist, wird er den Grünschnabel schon in seine Schranken verweisen. Eins hab ich aber erfahren: Es scheint einen Zusammenhang zwischen den Morden zu geben. Denn vielleicht geht auch der Darmstädter Mord aufs Konto des gleichen Täters. Und ich weiß, dass die DNA-Spuren noch nicht abgeklärt sind. Der Täter scheint bisher aber nicht aktenkundig zu sein. Alles unter Vorbehalt. Und ich habe eine ganz aktuelle und interessante Information. Das habe ich in einer Zeitung gelesen, als ich in Norddeutschland war. Es war in allen Medien. Erst vor kurzer Zeit, seit März 2017, ist das Gesetz zur Bestrafung von Stalking, nämlich der Paragraph 238, neu geregelt worden. Künftig ist das Handeln von Stalkern grundsätzlich bereits dann strafbar, wenn es geeignet ist, das Leben der Opfer ›nachhaltig zu beeinträchtigen‹. Das neue Gesetz ist längst überfällig«, sagte Guldner und fuhr fort, als von Charlottes und Sophies Seite keine Gegenfrage kam: »Vor der Reform musste das Opfer den Erweis bringen, dass sein Leben durch die

Nachstellungen beeinträchtigt war. Die Juristen nennen das ›ein Erfolgsdelikt‹.«

»Zynischer geht es ja nicht«, entrüstete sich Sophie.

„Ja«, gab ihr Ferdinand Guldner Recht. »Das klingt wirklich zynisch. Schlimmstes Juristendeutsch! Der Stalker konnte nämlich nur dann bestraft werden, wenn er sein Opfer schon nachweislich und ›erfolgreich‹ geschädigt hatte: durch erzwungenen Umzug oder Jobwechsel zum Beispiel. Stalker wurden nur in krassen Ausnahmefällen verurteilt. Durch die Gesetzesänderung aber wird seit März diesen Jahres Stalking als ›Eignungsdelikt‹ eingestuft. Das neue Gesetz würde die Opfer erheblich unterstützen, wenn …«

»Das hört sich doch gut an«, unterbrach Charlotte freudig ihren Lebensgefährten. »Dann müsste im konkreten Fall Sophie nicht erst den Beweis erbringen, dass der Kerl ihr Leben erheblich beeinträchtigt durch seine Anrufe.«

»Wenn es so leicht wäre.« Guldner klang skeptisch und fast resigniert. »Leider ist es weiterhin Auslegungssache, wann der Gesetzgeber Stalking als ›geeignet‹ ansieht, das Leben des Opfers zu beeinträchtigen. Der Deutsche Juristenbund und die Opfer-Vereinigung *Weißer Ring* beurteilen die Reform mit großer Vorsicht und sehen weiteren Handlungsbedarf zum Schutz der Opfer, die sich ja leider oft mit Schuldgefühlen quälen und deshalb vor einer Anzeige zurückschrecken. Die sogenannte Dringlichkeit eines Falles liegt immer noch im Ermessen der Polizei.«

»Das ist wie bei mir«, fiel Sophie nun ins Gespräch ein. »Ich habe noch nicht einmal klare Beweise, dass ich verfolgt werde. Als ›Erfolgsdelikt‹ kann man die paar Anrufe eines gestörten Mannes ja wohl kaum ansehen, noch nicht einmal als ein ›Eignungsdelikt‹, oder sehe ich das falsch?«

Ferdinand senkte den Kopf. Sein Schweigen sprach Bände.

Sie hat leider Recht, dachte auch Charlotte, doch sie versuchte, die Nichte im Gefühl ihrer Hilflosigkeit nicht noch zu bestärken.

»Vertraue auf Ferdinand, Sophie«, sagte sie und füllte die leeren Tassen nach.

Ihr munterer Kommentar »Abwarten und Tee trinken« wurde von Ferdinand mit einem Stirnrunzeln registriert.

Auch Sophies Schweigen bewies, dass sie die Sorglosigkeit ihrer Tante nicht teilte. An Ferdinand gewendet, unterbrach sie die etwas peinliche Stille. »Wenn du im Polizeipräsidium keine Informationen bekommen hast, dann hast du auch keine gegeben, oder?«

Sophies Frage war eher eine rhetorische, und so war es auch nicht verwunderlich, dass Ferdinand nur betreten lächelte.

»Wäre es euch recht, wenn wir mal das Thema wechseln könnten?«, schlug Charlotte vor. »Sophie ist nun mal in Sicherheit. Sie bleibt noch zwei weitere Tage bei uns«, informierte sie ihren Lebensgefährten.

»Das ist eine gute Idee«, sagte Ferdinand.

»Und ich hatte noch eine bessere Idee heute Morgen«, meinte Charlotte. »Ich habe da mal ganz spontan ein Ablenkungsmanöver gestartet. Ganz eigenmächtig und ohne euch zu fragen. Ich hab für übermorgen drei Karten bestellt. Die Schwetzinger Festspiele gehen bald zu Ende, und es gab noch Karten für ›Delirio Amoroso‹, das ist ein Barockabend mit Musik von Händel und Rameau. Und ganz passend im Rokokotheater. Rechts oben auf dem Balkon.«

»Hoffentlich werden wir nicht wieder abblitzen wie am 6. Mai«, sagte Sophie. »Als dann was ganz anderes auf dem Programm stand.«

»Na, wer wird so pessimistisch sein«, erwiderte Charlotte.

»Ich bin irgendwie so verunsichert neuerdings«, meinte Sophie. »Ich rechne nur noch mit kleinen Unglücken.« Und mit großen noch mehr, dachte sie, doch das behielt sie für sich.

»Wer würde es dir verdenken«, entgegnete die Tante. »Aber du wirst sehen, es wird alles gut.«

»Alles gut«, mokierte sich Ferdinand. »Nun kommst du auch

schon mit diesem dummen neudeutschen Spruch daher. Mit dieser läppischen Beschwörungsformel.«

»Alles gut«, betonte Charlotte überdeutlich und in seine Ironie einstimmend. »Alles gut, mein Lieber.«

Und sie ging zu ihm hinüber und gab ihm demonstrativ einen schmatzenden Kuss auf die Stirn.

Wenn doch für mich auch mal alles gut wäre, dachte Sophie angesichts dieses »angejahrten Glücks«, wie sie es heimlich bei sich nannte. Bin ich schon wieder neidisch? Ein hässlicher Gedanke. Und sie schaute zum Fenster hinaus auf die sommerlich bepflanzte Terrasse ihrer Tante, wo Orangenbäumchen, Hibiskus und Lavendel in großen Tonkübeln prangten.

»Ich räume ab«, sagte sie und trug das Teegeschirr in die Küche.

15. Kapitel | Charlottes Traum

Unser Unterbewusstsein lässt sich offenbar nicht überlisten durch Ablenkungsmanöver, Verdrängen, Unterdrücken negativer Gefühle oder Ereignisse, die uns während des Tages begegnen.

Denn Charlotte träumte in dieser Nacht, sie gehe durch einen großen Park.

Alle Parks, die sie in ihrem Leben besucht hatte, schienen zu einer einzigen weitläufigen Gartenanlage zu verschmelzen. Die Labyrinthe der englischen Adelssitze, die sie mit ihren Schulklassen besichtigt hatte, die kunstvoll geschnitzten, von Blumen umrankten Holzarkaden der holländischen Gärten, die gezirkelten und symmetrischen Anlagen der französischen Parks mit ihren Fontänen, die Statuen der heimischen Schlossgärten von Schwetzingen und die üppigen Rhododendronbüsche des Bensheimer Fürstenlagers: die Träumende nahm alle diese Elemente wahr und konnte sie doch nicht genau fassen.

Einmal erschien ihr der Traumort als Versailles in Paris, dann als Chatsworth House in Derbyshire, doch immer wieder drängten sich holländische und deutsche Parkelemente dazwischen, vermischten sich und lösten sich auf. Ein Wort, *Monopteros*, formte sich in ihrem träumenden Kopf. Das ist Griechenland, aber nein, ich kenne den gewundenen Pfad von irgendwoher. Das ist nicht Griechenland.

Ein weißer Tempel mit Rundsäulchen und einer goldenen Inschrift schien ihr entgegenzuschweben. Tempel schweben nicht, raunte eine seltsam nervöse und heisere Stimme der Träumenden zu. Der Tempel kam nun in bedrohliche Nähe der träumenden Frau, die fliehen wollte, doch ihre Beine waren wie gelähmt, wie in der Erde festgewurzelt. Ihre Arme sanken schwer wie Blei an ihrem Körper herunter. Und sie sah mit Entsetzen eine weibliche Gestalt, die auf einem schwarzen Marmorsockel dahingestreckt lag, wie ein Opfertier.

Auf dem Leib der jungen Frau, die ein weites fließendes Gewand trug, das aussah wie ein Leichentuch, hockte ein grässliches dickes Monster mit schwulstigen Lippen. Hinter den beiden Gestalten schaute ein Geisterpferd mit Augen wie Phosphor aus dem Dunkel. Irgendwie habe ich das alles schon einmal gesehen, ging es durch den Kopf der Träumenden. Aber ich weiß nicht, wo. Wenn ich es wüsste, könnte ich die junge Frau retten. Ich muss unbedingt das Rätsel lösen. Goldene Lettern standen am Firmament, tanzten vor ihren Augen. *In kindlicher Liebe*, buchstabierte sie, langsam und zögernd wie ein ABC-Schütze, der stolz die ersten Worte lesen kann. Ist dies mein Kind, das ich retten muss? Aber ich habe kein Kind. Ich hatte einmal viele Kinder. Das waren meine Schüler, und ich habe sie geliebt. Die Träumende erinnerte sich an ein Gewusel von größeren und kleineren jungen Menschen. Irgendwann gab es all diese Kinder in meinem Leben. Ich bin dein Kind, sagte die junge Frau, die auf dem schwarzen Marmorsockel lag. Ich bin doch Sophie. Erkennst du mich nicht? Die Träumende wollte ihre Arme ausstrecken, den hässlichen, fetten Gnom vom Körper der jungen Frau wegschubsen, doch ihre Arme waren ja gelähmt wie ihre Beine. Ein schreckliches Gefühl von Ohnmacht überkam sie, durchflutete sie von oben bis unten und lähmte vollends ihren gesamten Körper. Nur ein Schluchzen konnte sie noch hervorbringen, aber niemand schien das Schluchzen zu hören, das in ein Röcheln überging, dann in ein hemmungsloses Weinen.

Charlotte erwachte von ihrem Weinen, und lange konnte sie keinen Schlaf mehr finden.

Es gibt Träume, die muss man nicht deuten, dachte sie. Aber man sollte sie ernst nehmen.

Und sie beschloss, den Alptraum nicht zu vergessen, so schmerzlich er auch war.

16. Kapitel | Delirio Amoroso

Der Schwetzinger Schlosspark zeigte sich zwar an diesem Abend Ende Mai den Besuchern nicht im schönsten Frühsommerkleid, aber das immer wieder edle Aussehen des Städtchens und des Schloss-Ensembles mit Park war dann doch angetan, den Geist zu beflügeln und düstere Gedanken zu vertreiben.

Auf dem Programm standen Arien und Lieder aus den Opern von Jean Philippe Rameau und Georg Friedrich Händel, dargeboten vom Barockorchester *Akademie für alte Musik Berlin* und einer Sopranistin, alles unter der Leitung einer Dirigentin, die zugleich meisterhaft Cembalo spielte.

Beide, sowohl die Sängerin als auch die Dirigentin, waren temperamentvolle Französinnen. Eine war dunkelhaarig, die andere hatte einen wilden roten Lockenkopf, der beim Cembalospielen und Dirigieren mächtig in Bewegung geriet. Das Orchester spielte gutgelaunt, angesteckt von der Dynamik der beiden Hauptakteure.

Charlotte schaute ab und zu verstohlen zu ihrer Nichte hinüber, die zwischen ihr und Ferdinand saß. Ja, es war eine gute Idee gewesen, dieses Ablenkungsmanöver anzuzetteln. Hoffentlich würde heute Abend keiner hüsteln und der Nichte eine – wenn auch unbegründete – Furcht einflößen. Das auf Französisch gesungene *Récitatif et Air de la Folie* aus der Rameau-Oper *Platée* erklang, und die Sopranistin bot ein Bravourstück an Gesangs- und Schauspielkunst, da sie die Wahnsinnsarie der verschmähten Sumpfnymphe

Platée so überzeugend vortrug, dass man die Anspannung des Publikums förmlich greifen konnte.

Ungewöhnlich, dachte Sophie, dass die Rolle der Platée diesmal von einer Sängerin und nicht von einem Countertenor übernommen worden ist. Das ist doch eigentlich eine Travestierolle. Sie hatte einmal den französischen Countertenor Philippe Jaroussky erlebt und war seither begeistert von diesen Sängern, die dank einer besonderen Stimmtechnik den Sopran beherrschten, dabei aber manchmal immer noch irrtümlich als Kastraten bezeichnet wurden.

Sophie hatte das Programmheft mit dem deutschen und französischen Text vor sich auf den Knien liegen und schaute immer wieder abwechselnd zur Bühne hinunter und in das Textheft.

Die Sopranistin, Sandrine Piau, sang: »*C'est ainsi que l'Amour est cruel quand il est outragé.*« (So hat sich Amor immer gerächt. Wie grausam ist Amor, wenn er gekränkt wird.)

Sophie ließ das Textheft fallen, bückte sich danach.

Eine Veränderung war in ihr vor sich gegangen.

Charlotte sah besorgt, wie ihre Nichte sehr bleich wurde, starr dasaß wie neulich, als der hüstelnde Mann hinter ihr die Erinnerung an den Telefonterror geweckt hatte.

Was war diesmal der Auslöser gewesen für das Erschrecken oder das Erstarren? Charlotte schaute die Nichte fragend an, doch diese schüttelte fast unmerklich den Kopf, flüsterte: »Nein. Es ist nichts.«

Dann, mit einem ironischen Zucken um die Mundwinkel: »Alles gut.«

Charlotte machte sich große Vorwürfe und verbrachte das Ende des Konzerts grübelnd, ähnlich wie die Nichte neben ihr, die das Programmheft diskret in ihrer Tasche verschwinden ließ und wie traumverloren nur noch zur Decke starrte, als mustere sie im Detail das reich verzierte Emblem des Kurfürsten Carl Theodor über der Rokokobühne.

Ferdinand schien nichts mitbekommen zu haben von den

seelischen Turbulenzen der jungen Frau neben ihm. Er war völlig vom Geschehen auf der Bühne unter ihm absorbiert, fasziniert vom souveränen Können aller Interpreten.

Im Brauhaus gab es diesmal noch einen kleinen freien Tisch.

Sophie wollte kein Spielverderber sein und war auf Ferdinands Vorschlag eingegangen, den wunderschönen Konzertabend noch mit einer kulinarischen Kleinigkeit ausklingen zu lassen. Ihr war nicht nach Kulinarischem zumute, auch wenn es nur eine Kleinigkeit war. Den verlockenden Flammkuchen mit Spargeln schlug sie aus und bestellte sich ein stilles Wasser. Sonst nichts.

»Warum diese Askese?«, fragte Ferdinand. »Hat es mit dem Konzert zu tun? Was ist da plötzlich über dich gekommen?«

Also hat er doch etwas gemerkt, dachte Charlotte, und sie freute sich über die Empathie ihres Lebensgefährten.

»Ja«, unterstützte sie den Fragenden. »Was ist es denn diesmal gewesen, das dich so aus der Fassung gebracht hat, Sophie?«

Sophie wischte mit der rechten Hand imaginäre Krümel vom Tisch. Nur Charlotte bemerkte es, denn sie kannte die Bedeutung dieser Geste ja zu gut von sich selbst.

»Ich will es euch sagen. Es nützt ja nichts, so zu tun, als sei alles gut. Euch beiden kann man halt nichts vormachen. Also es hat mit dem Text zu tun.«

Sie zog das Programmheft hervor, schlug es auf und las: »So hat sich Amor immer gerächt. Wie grausam ist Amor, wenn er gekränkt wird.«

»Ja und?«, fragten Charlotte und Ferdinand wie aus einem Munde.

Charlotte schämte sich für ihre taktlose Neugierde, aber Sophie antwortete: »Es war bei diesen Zeilen, und da wurde mir klar, wer der anonyme Anrufer ist und war. Es ist mein Verflossener: Torsten Blessing. Mit verstellter Stimme. Er kann das, denn er ist der geborene Schauspieler. Alles gespielt. Seine Liebe, sein Verständnis, als ich die Beziehung abgebrochen habe. Ich habe es von Anfang an gewusst, wollte es aber nicht wahrhaben: Dass er ein Macho ist, außerdem eifersüchtig wie Othello. Ein selbstverliebter Narziss. Der typische potentielle Stalker. All das habe ich wahrscheinlich verdrängt. Und dass ich Angst vor ihm hatte. Ein oder zweimal hat er die Hand gegen mich erhoben, als wolle er mich schlagen. Er hat es nicht getan, aber seither habe ich wirklich diese ständige Furcht in mir gehabt. Und wie erleichtert ich war, als er aus der Wohnung ging. Anscheinend war er so erleichtert wie ich. Aber das war nicht echt.«

Sophie hielt inne. Sie schien erschöpft. Charlotte und Ferdinand schauten sich besorgt an.

»Was ist zu tun?«, fragte Charlotte und nahm etwas lustlos ein Stück von ihrem Spargel-Flammkuchen, der eigentlich wundervoll schmeckte.

»Der Herr Kriminologe muss passen«, antwortete der Ex-Kripochef achselzuckend. »Der klassische Fall: Hast du Beweise, Sophie?«

»Leider nein, es ist nur so eine Vermutung. Es war wie eine plötzliche Offenbarung während dieser Arie. Es ist die Wahnsinnsarie. Und ich denke, nicht ich bin in diesem Fall wahnsinnig. Wahnsinnig ist mein Ex-Freund. Ein Psychopath.«

»Meinst du, er hat das Zeug zum Serienmörder?«, fragte Ferdinand.

Doch er berichtigte sich sofort selbst: »Entschuldige, das geht doch nun zu weit. Aber der Kripochef in mir …«

»Ich weiß selbst nicht mehr, was ich glauben soll«, antwortete die Angesprochene.

Charlotte, wie immer optimistisch und auf Ausgleich bedacht, sagte: »Vielleicht hat er sich ja beruhigt in seiner Eifersucht und seiner Kränkungsorgie. Warten wir doch einfach ab. Und die Idee mit dem Serienmörder halte ich wirklich für etwas absurd, Ferdinand.«

Während der Heimfahrt bewegte Ferdinand eine fixe Idee, die er jedoch für sich behielt. Man müsste feststellen, ob Torsten Blessing zu den ermordeten Frauen eine Beziehung gehabt hatte. Absurd, dachte er. Ja, Charlotte hat Recht. Nicht jeder Eifersüchtige, der sich als Stalker bei der Ex-Freundin aufspielt, ist ein potentieller Mörder. Absurd, und dennoch.

Stalking allein war schon ein strafbarer Akt und kein Kavaliersdelikt. Aber sie hatten ja erst darüber gesprochen im Zusammenhang mit dem neuen Gesetz. Vermutungen und mulmige Gefühle galten bei der Polizei noch lange nicht als »Eignungsdelikte«, geschweige denn als »Erfolgsdelikte«. Dann eher wie gehabt als Kavaliersdelikte.

Doch noch nicht einmal dafür hatte Sophie klare Beweise. Ferdinand kam sich hilflos und unnütz vor. Plötzlich auf dem Abstellgleis. Er konnte auf einmal die Ohnmacht vieler Opfer nachempfinden, die nicht ernst genommen wurden. Die er selbst vielleicht während seiner Dienstjahre nicht ernst genug genommen hatte: Vergewaltigungsopfer, Verleumdungsopfer, Stalkingopfer, die bald darauf Mordopfer wurden. Und doch: Morgen würde er sich nach Gregor Weingartners Befinden erkundigen. Und alles würde gut.

17. Kapitel | Spielchen

Katze Daphne und Herrin Sophie waren nun schon seit ein paar Tagen aus ihrem Asyl zurückgekehrt. Es gab keine anonymen Anrufe, aber auch keine Erfolgsmeldungen seitens Ferdinands.

Der dreiste Oliver Keck nutzte weiterhin die Interimslösung im Polizeipräsidium für seine Machtspielchen aus, denn Gregor Weingartner würde erst nach Pfingsten wieder den Dienst antreten, wie es hieß, also in einer Woche.

Am fünften Tag nach Sophies Rückkehr klingelte das Telefon. Mit klopfendem Herzen nahm Sophie den Hörer ab.

»Ich habe mir große Sorgen gemacht, Frau Dahm«, meldete sich Gabriel Vonderheid. »Ich habe öfter versucht, Sie zu erreichen, doch vergeblich.«

Sophie war unschlüssig, ob sie mit offenen Karten spielen sollte. Aber sie konnte unmöglich, zumal hier am Telefon, den wahren Grund für ihre Abwesenheit angeben.

»Ich brauchte Tapetenwechsel und habe mich kurzerhand bei meiner Tante einquartiert. Sie ist für mich eine Art Ersatzmutter«, erklärte Sophie.

Sie war keine geschickte Lügnern, denn Gabriel Vonderheid hakte nach. Etwas in ihrer Tonlage musste ihn hellhörig gemacht haben.

»Tapetenwechsel und sonst nichts? Sie haben ein Problem, wie mir scheint«, sagte er, aber dann fügte er gleich hinzu: »Aber das ist indiskret von mir. Es geht mich ja nichts an.«

Als keine Antwort seitens seiner Gesprächspartnerin kam, lenkte er ab: »Kommen Sie mit dem Restaurieren voran? Doch wie dumm von mir. Bestimmt mussten Sie Ihre Arbeit liegen lassen. Und seien Sie bitte beruhigt: Ich will Sie nicht hetzen.«

Sophie wäre fast versucht gewesen, ihrem Auftraggeber alles zu beichten. Die Stalker-Anrufe. Ihre Angst. Die Bedrohung durch den Ex-Freund. Doch sie gab der Versuchung nicht nach. Irgendetwas in ihr hielt sie davon ab, sich ihm anzuvertrauen.

»Ich werde heute schon die Arbeit weiterführen. Es lenkt ab.«

»Lenkt ab wovon?«

Gabriel Vonderheid ließ nicht locker.

»Vielleicht erfahren Sie es einmal bei Gelegenheit. Doch in fünf Minuten bespricht sich so etwas nicht am Telefon.«

»Ich respektiere Ihre Gefühle, Frau Dahm. Melden Sie sich, wenn Sie sich mir anvertrauen möchten. Doch seien Sie versichert: Ich würde Ihr Vertrauen nicht missbrauchen.«

Ein Geräusch im Hintergrund ließ ihn das Gespräch beenden.

»Leben Sie wohl. Und viel Freude und gutes Gelingen mit meinem Gemälde.«

Sophies Herz klopfte wie wild. Es war ein gutes Gefühl, dass jemand sich Sorgen um ihr Wohlergehen machte.

Doch warum war sie so unruhig? Das Geräusch im Hintergrund war wieder dieses Kreischen einer alten Frau gewesen, das schon neulich bei ihrem Besuch in der Villa an ihr Ohr gedrungen war. Sie fröstelte trotz der sommerlich warmen Temperaturen, die seit wenigen Tagen auf eine Kaltfront gefolgt waren.

Sophie wusste nicht, warum sie sich plötzlich an einen alten Hitchcock-Film aus dem Jahr 1940 erinnert fühlte, an die unheimliche Atmosphäre in einem Herrenhaus aus grauem Stein an den Klippen Cornwalls. Es war die Verfilmung des Romans von Daphne du Maurier, *Rebecca*. Das Herrenhaus heißt Manderley, und der Geist Rebeccas, der unter mysteriösen Umständen ertrunkenen ersten Frau des Besitzers, treibt darin verstörend sein

Unwesen. Oder an den anderen alten Film, *Gaslicht,* aus der spätviktorianischen Epoche Englands, der ihr eine Gänsehaut über den Rücken jagte, während sie daran dachte. Da versucht ein sadistischer Mann, seine Ehefrau systematisch in den Wahnsinn zu treiben. Sie hatte beide Filme erst vor wenigen Wochen im Fernsehen angeschaut. Das war vor der Telefon-Terror-Zeit gewesen. Momentan wäre sie nicht in der Lage, derartig gruselige Filme zu sehen.

Das Telefon klingelte wieder.

Gabriel Vonderheid, dachte sie erfreut, er hat mir noch etwas zu sagen. Und ihr Herz begann schneller zu schlagen. Ihre Hoffnung wurde bitter enttäuscht.

Eine seltsame Stimme raunte: »Da bist du ja wieder. Du wirst mir nicht entgehen.«

»Lass mich in Ruhe, Torsten«, schrie Sophie in den Hörer. »Ich weiß, du bist es. Ich werde zur Polizei gehen. Ich habe keine Angst.«

»Torsten? Wer ist Torsten?«, höhnte die Stimme, die unwirklich und teuflisch klang. Sophie merkte, wie ihr erneut eine Gänsehaut über den Nacken und über die Arme lief.

»Ich bin nicht Torsten«, höhnte die meckernde Stimme weiter und verstummte plötzlich.

Nein, dachte Sophie. Das ist nicht Torsten. Wie hatte sie das annehmen können? Torsten, der Computerfreak, der Telefonmuffel, wie er sich nannte, hätte seinen Terror durch ein anderes Medium ausgeübt. Oder vielleicht doch nicht? Torsten hatte sich im Lauf ihrer Beziehung nach und nach als sprunghaft und unberechenbar entpuppt. Dies war einer der Gründe dafür gewesen, dass sie die Beziehung beendet hatte. Und er war ein Meister der Verstellung und der Heimlichtuerei. Ein Schauspieler.

Mit mechanischen Schritten ging sie zu ihrem selten benutzten Computer hin.

Nein, da waren keine Hassmails, da gab es kein Cyber-Mobbing. Nein, zu keinem Zeitpunkt hatte sie solche Hassmails bekommen.

Doch wer war der anonyme Anrufer, wenn es nicht Torsten Blessing war?

Es sind zwei Anrufer, sagte etwas in ihr. Die Stimmen waren jeweils verschieden. Es sind zwei Männer, die mich bedrohen. Und eine der Drohungen, das fühlte sie, war die gefährlichere. Jemand wollte sie seelisch zermürben. Oder trachtete ihr jemand nach dem Leben?

Doch warum? Manchmal entziehen sich Tatmotive rationalen Erklärungen. So ähnlich hatte Ferdinand vor kurzem das Phänomen erklärt, dass es so viele unaufgeklärte Verbrechen gab. Fehlte ein greifbares »vernünftiges« Motiv, hatten es die Ermittler schwer. Erst vor einigen Tagen war Sophie ein Artikel in die Hände geraten, der sich mit dem Prozess um Michelle Carter befasste. Im Wartezimmer des Zahnarztes hatte Sophie ungläubig und dennoch fasziniert den Bericht über diese amerikanische Mörderin gelesen, die 2014 als Siebzehnjährige mit unzähligen SMS-Botschaften ihren Freund Conrad Roy systematisch, kaltblütig und rücksichtslos in den Suizid getrieben hatte.

Michelle Carter war zum Zeitpunkt des Suizids ihres Freundes zu Hause und 50 Meilen von dem Parkplatz entfernt, auf dem Conrad Roy in seinem Wagen saß, den Motor anwarf und über den Auspuff und einen Schlauch Kohlenmonoxid in das Auto strömen ließ. Machtgier hatte die Anklage der jugendlichen Täterin vorgeworfen. Vertieft in den Artikel, hatte Sophie den Aufruf der Sprechstundenhilfe überhört. Immer noch ungläubig angesichts des geringen Strafmaßes – Michelle Carter war zu nur 15 Monaten Gefängnis verurteilt worden –, war Sophie der Zahnarzthelferin ein wenig benommen ins Behandlungszimmer gefolgt. Ein merkwürdiger Fall, und er wich von der Statistik ab, da diesmal der Mann das Opfer, die Frau die Täterin war. Das Foto der jungen Mörderin mit den eiskalten Augen im hübschen Puppengesicht hatte Sophie lange verfolgt, und wieder einmal fragte sie sich, ob Menschen von Natur aus grundböse sein können oder ob die Lebensumstände sie zu dem machen, was sie sind. Die Eltern des Mädchens gaben an, ihre Tochter habe schon als kleines Kind einen Hang zur Grausamkeit gehabt, zum Beispiel gegen Tiere.

Ach, dachte Sophie, wer möchte da Macht auf mich ausüben? Ich verstehe das alles nicht.

Sie würde Gabriel Vonderheid ins Vertrauen ziehen. Morgen? Übermorgen? Sie ging in ihr Atelier und arbeitete bis nach Mitternacht wie besessen an ihrem Auftragsgemälde.

Der Riss, der durch das Herz der Marlene Vonderheid ging, war repariert. Zufrieden betrachtete Sophie ihr Werk und wunderte sich am nächsten Morgen, dass sie tief und fest und ohne von Alpträumen geplagt worden zu sein hatte schlafen können.

18. Kapitel | Die Schneekönigin

Advent 1954

»Es war ein böser Kobold! Er war einer der Allerärgsten, er war der Teufel! Eines Tages war er bester Laune, denn er hatte einen Spiegel gemacht, welcher die Eigenschaft besaß, dass alles Gute und Schöne, was sich darin spiegelte, fast zu nichts zusammenschrumpfte, aber das, was nichts taugte und schlecht war, hervortrat und noch ärger wurde. Die herrlichsten Landschaften sahen wie gekochter Spinat darin aus, und die besten Menschen wurden widerlich und standen auf dem Kopf ohne Rumpf, die Gesichter wurden so verdreht, dass sie nicht zu erkennen waren, und hatte man eine Sommersprosse, so konnte man überzeugt sein, dass sie sich über Nase und Mund verbreitete. Das sei äußerst lustig, meinte der Teufel. Hatte ein Mensch einen guten und frommen Gedanken, dann zeigte sich ein Grinsen im Spiegel, sodass der Teufel über seine kunstvolle Erfindung lachen musste. Alle, welche die Koboldschule besuchten, denn er hielt eine Koboldschule, erzählten überall, dass ein Wunder geschehen sei. Nun könne man erst sehen, meinten sie, wie die Welt und die Menschen wirklich aussähen. Sie liefen mit dem Spiegel umher, und zuletzt gab es kein Land und keinen Menschen mehr, welcher nicht verdreht darin erschienen wäre. Nun wollten sie auch zum Himmel selbst hinauffliegen, um sich über die Engel und den lieben Gott lustig zu machen. Je höher sie mit dem Spiegel flogen, umso mehr grinste er. Sie konnten ihn kaum festhalten. Sie flogen höher und höher, Gott und den Engeln näher. Da erzitterte

der Spiegel so fürchterlich in seinem Grinsen, dass er ihren Händen entfiel und zur Erde stürzte, wo er in hundert Millionen, Billionen und noch mehr Stücke zersprang. Und nun grade verursachte er weit größeres Unglück als zuvor. Denn einige Stücke waren kaum so groß wie ein Sandkorn, und diese flogen ringsumher in der weiten Welt, und wo jemand sie ins Auge bekam, da blieben sie sitzen, und da sahen die Menschen alles verkehrt oder hatten nur Augen für das Verkehrte bei einer Sache. Denn jede kleine Spiegelscherbe hatte dieselben Kräfte behalten, welche der ganze Spiegel besaß. Einige Menschen bekamen sogar eine Spiegelscherbe in das Herz und dann war es ganz greulich. Das Herz wurde einem Klumpen Eis gleich.«

Die Vorleserin hielt erschöpft inne und klappte das Märchenbuch zu.

»Morgen geht es weiter mit der Geschichte«, sagte Elsa. »Ich bin müde, und außerdem hab ich Halsweh.«

Doch das Kind bettelte: »Och, nur noch bis dahin, wo Kay und Gerda im Rosengarten sitzen und wo auf einmal ein Unglück passiert.«

Elsa war ein gutmütiges Kindermädchen, nicht so schrecklich streng wie die vorherigen, und das musste man ausnutzen. Wer weiß, wen die Mutter nach Elsa einstellen würde? Denn die Kindermädchen kamen und gingen.

»Bitte, Elsa, ich habe doch niemand außer dir. Du bist doch die Einzige, die mir vorliest.« Der Trick wirkte. Kinder sind die besten Psychologen.

»Hast Recht, armer Kerl«, seufzte das Kindermädchen und nahm das Buch von der Konsole, schlug es wieder auf. Mitleidig schaute sie auf das Kind und strich ihm über die kümmerlichen Haare.

Sie las von den befreundeten Nachbarskindern Gerda und Kay und von der Großmutter, die ihnen von der Schneekönigin erzählt, die um Mitternacht durch die Straßen der Stadt fliegt und die Schneeflocken auf den Fensterscheiben zu Eis erfrieren lässt.

Das Kind rutschte unruhig hin und her, denn es wartete fieberhaft, bis die Lieblingsstelle kam.

Elsa las: »*Was waren das für herrliche Sommertage. Wie schön war es draußen bei den frischen Rosenstöcken, welche unermüdlich zu blühen schienen! Kay und Gerda saßen und blickten in das Bilderbuch mit Tieren und Vögeln, da war es – die Uhr schlug gerade fünf auf dem großen Kirchturm –, dass Kay sagte: ›Au! Es stach mir in das Herz und mir flog etwas ins Auge!‹ Das kleine Mädchen fiel ihm um den Hals. Er blinzelte mit den Augen. Nein, es war nichts zu sehen. ›Ich glaube, es ist weg!‹, sagte er, aber weg war es nicht. Es war eines jener Glaskörner, welche von dem Spiegel gesprungen waren, dem Zauberspiegel, dem hässlichen Glase, welches alles Große und Gute, das sich darin spiegelte, klein und hässlich machte. Aber das Böse und Hässliche trat ordentlich hervor und jeder Fehler an einer Sache war gleich zu bemerken. Der arme Kay hatte auch ein Glaskörnchen gerade in das Herz hineinbekommen. Das würde nun bald wie ein Eisklumpen werden. Weh tat es nicht mehr, aber da war es. ›Weshalb weinst du?‹, fragte er Gerda. ›So siehst du hässlich aus! Mir fehlt ja nichts!‹ – ›Pfui‹, rief er auf einmal: ›Die Rose dort hat einen Wurmstich! Und sieh, diese da ist ja ganz schief! Im Grunde sind es hässliche Rosen! Sie gleichen dem Kasten, in welchem sie stehen!‹ Und dann stieß er mit dem Fuß gegen den Kasten und riss die beiden Rosen ab. ›Kay, was machst du?‹, rief das kleine Mädchen. Und als er gewahrte, wie erschreckt sie war, riss er noch eine Rose ab und sprang dann zu seinem Haus hinüber und von der kleinen, lieben Gerda fort.*«

Elsa hielt mit dem Lesen inne: »Nun kann ich aber wirklich nicht mehr, mein Hals tut so weh.« Aber das Kind bettelte wieder und sagte: »Nur noch die eine Stelle, die allerschönste, wo die Schneekönigin Kay entführt.«

Die gutmütige Elsa räusperte sich und fuhr weiter, und als sie zu der Stelle kam, wo die Schneekönigin mit ihrem Schlitten kommt und Kay in ihr eisiges Reich entführt, war ihre Stimme fast nur noch ein Krächzen: »*Der große Schlitten hielt und die Person, die in ihm fuhr, erhob sich. Der Pelz und die Mütze waren ganz und gar von Schnee. Es war eine Dame, hoch und schlank, glänzend weiß. Es war die Schneekönigin. ›Wir sind gut gefahren!‹, sagte sie. ›Aber wer wird denn frieren! Krieche in meinen Bärenpelz!‹ Und sie setzte ihn neben sich in den Schlitten und schlug den Pelz um ihn. Es war, als versinke er in einem Schneetreiben. ›Friert dich noch?‹, fragte sie und dann küsste sie ihn auf die Stirn. Oh! Das war kälter als Eis. Das ging ihm gerade hinein bis ins Herz, welches doch zur Hälfte ein Eisklumpen war. Es war, als sollte er sterben. Aber …«.*

»Aufhören. Hör auf«, schrie das Kind gellend und hielt sich die Ohren zu. »Ich will das nicht mehr hören. Das dumme Märchen!«

Und mit seinen kleinen Fäusten trommelte es auf die üppige Brust der Kinderfrau und auf ihre Beine.

Elsa sprach im Flüsterton, denn ihre Stimme war am Versagen, beruhigend auf den Kleinen ein. Sie war diese Ausbrüche gewohnt. Er konnte ja nichts dafür. Sie versuchte, ihn in die Arme zu nehmen, doch er riss sich los und trat mit dem Fuß zornig gegen einen Schemel, der im Weg stand. Ein brauner Setter kam ins Zimmer gerannt. »Pollux, mein Freund«, sagte das Kind und zwickte den Hund ins Fell, dass er aufjaulte. Im nächsten Moment umarmte er das Tier und streichelte es zärtlich, wobei Tränen über seine Wangen liefen.

Das arme Kind, dachte das Kindermädchen Elsa. So ohne Mutterliebe aufzuwachsen, das muss schrecklich sein. Kein Wunder, dass der Bub so verkorkst ist. Doch bei allem Mitleid mit dem Kind fragte sie sich, wie lange sie es noch aushalten würde in diesem Haushalt.

»Liest du morgen weiter?«, fragte der Kleine.

»Ja, wenn du das möchtest.«

Elsa erschrak, als das Kind plötzlich verzweifelt ausrief: »Warum liest mir meine Mutter nie etwas vor?«

Das Kindermädchen wusste die Antwort, aber es schwieg.

Weil sie die Schneekönigin ist, dachte Elsa. Kalt und grausam.

Sie war die *»Dame, in den feinsten Flor gekleidet, der wie aus Millionen sternartiger Flocken zusammengesetzt war. Sie war so schön und fein, aber von Eis, von blendendem, blinkendem Eis.«*

Ein großer Dichter ist er gewesen, dieser Hans Christian Andersen, dachte Elsa. Sie strich über das Buch, auf dessen Titelseite der Schlitten der Schneekönigin mit dem kleinen Kay darin durch die Lüfte sauste, und sie eilte hinaus, denn man rief ungeduldig nach ihr. Die schneidende Frauenstimme überlagerte das Quengeln des Kindes und das Jaulen des Hundes.

»Sie sind viel zu milde mit dem Bengel«, tadelte die Frau, die von Elsa von nun an heimlich »die Schneekönigin« genannt wurde.

»Wenn Sie nicht größere Strenge walten lassen, werde ich Sie entlassen müssen. Fristlos. Wozu bezahle ich Sie eigentlich? Muss ich alles selber machen?« Und sie gab dem Kind eine schallende Ohrfeige.

Das Kind ballte die kleinen Fäuste und erhob sie drohend gegen die Mutter, die hell auflachte. Das Kind ließ die geballten Fäuste ohnmächtig sinken. Es biss sich auf die Lippen, aber es weinte nicht. Der Hund kroch mit gesenktem Kopf und eingezogenem Schwanz in eine Ecke hinter dem schweren dunkelroten Samtvorhang.

Nein, dachte Elsa, lange halte ich das nicht mehr aus. Dieses Haus ist die Hölle.

19. Kapitel | Blamage

Pfingsten war gekommen mit wechselhaftem Wetter und Schreckensmeldungen.

Der IS-Terror, angedroht und ausgeführt, machte wieder Schlagzeilen: Tote und viele Verletzte hatte es bei Terroranschlägen in Manchester während eines Konzerts für Teenies gegeben, schon wieder ein Anschlag in London und ein wegen Bombendrohung unterbrochenes Rockkonzert am Nürburgring, außerdem Massenpanik beim Public Viewing der Champions League in Turin durch einen Fehlalarm. Als Lichtblick Papst Franziskus, der den Pfingstsegen erteilte und zum Frieden mahnte.

Dann aber Sophies private Terrorangst. Ihre von Tag zu Tag steigende Verunsicherung. Wenn man den Feind nicht kennt, so sagte sie sich, ist das nicht wie Schattenboxen?

Ferdinand riet weiterhin dazu, abzuwarten. Es gab ja nichts Neues. Nichts Konkretes.

Doch: Eine Neuigkeit kursierte im Polizeipräsidium. Oliver Keck hatte sich maßlos blamiert. Im Darmstädter Mordfall war zuerst ein junger syrischer Asylant festgenommen worden und, wie man munkelte, unter psychologischer Nötigung seitens Oliver Keck eine Nacht lang verhört worden.

»Migranten sind immer potentielle Täter«, sollte Keck gesagt haben, um seine rüden Verhörmethoden zu rechtfertigen.

Doch die DNA bestätigte die Unschuld des jungen Syrers. Der

hatte zudem ein hieb- und stichfestes Alibi, das Oliver Keck mit penetrantem Misstrauen zunächst einfach ignoriert hatte. Der junge Asylant war an diesem Tag nachweislich nicht in Darmstadt gewesen, sondern in Heidelberg, wo er kurzfristig einen Job bekommen hatte.

Dann war der Ehemann der ermordeten jungen Frau ebenfalls ins Kreuzfeuer geraten, doch wie im Fall des Asylbewerbers bestätigte die DNA-Analyse seine Unschuld. Ebenso erging es einem weiteren Verdächtigen, einem Nachbarn. Der Verdacht erwies sich als völlig aus der Luft gegriffen. Und es kursierte das Gerücht, dass es sich bei dem Täter um eine Zufallsbegegnung halten musste, was die Ermittlungen nicht leichter machte. Die junge Frau war offensichtlich zum falschen Zeitpunkt am falschen Ort gewesen.

»Gut, dass morgen Gregor Weingartner wieder im Dienst ist«, sagte Ferdinand. »Man geht nun ganz gezielt auf die Suche nach einem Psychopathen. In beiden Fällen: dem Darmstädter Verbrechen und dem Mord im Fürstenlager.«

Er seufzte erleichtert und sagte zu Charlotte: »Gregor wird den gemeinsamen Schnittpunkt herausfinden. Wenn es den überhaupt gibt. Und er hat mich gebeten, ihm zu assistieren. Das Täterprofil zu ermitteln.«

»Doch er wird nichts über Sophie erfahren?«, wollte Charlotte besorgt wissen.

»Kein Sterbenswörtchen. Auf Ehr und Gewissen.«

Doch Ferdinand war sich insgeheim nicht hundertprozentig sicher, ob das die richtige Lösung war. Nein, er war sich keineswegs sicher.

20. Kapitel | Stärke

Er kicherte immer noch, wenn er daran dachte, wie sie am Telefon jenen modischen Männernamen genannt hatte: Torsten. Vielleicht nicht mehr modisch im Sinne von heutig, aber Torsten: So hießen doch die Männer der Generation der heute 40jährigen, die in den 70er Jahren Geborenen? Torsten, Carsten, Sven und Boris, Jens und Lars, Tobias und Florian.

Also musste er seine Stimme doch sehr geschickt verstellt haben, wenn sie ihn für einen jungen Mann ihrer eigenen Generation hielt. Es lief alles bestens für ihn. Er war richtig stolz auf sich.

Wie gut, dass er nicht diesen modischen Firlefanz mitmachte, über den man täglich in der Zeitung lesen konnte: die Hasstiraden per Computer, das Cyber-Mobbing, so hieß es doch. Die Stalker, die ihre Ex-Frauen oder Ex-Freundinnen oder auch Kolleginnen mit E-Mails bombardierten. All diese Unsitten wie Twitter, SMS, Blog, um nur einige dieser Begriffe zu nennen, die ihm so fremd waren. Diese digitale Welt existierte nicht für ihn. Er lebte nicht in virtuellen Regionen wie diese jungen Leute heutzutage, nein. Er hielt es mit dem soliden altmodischen Medium Telefon, und der Erfolg gab ihm Recht. Er stand dazu, dass er nicht mehr in diese Zeit des Fortschritts und der raffinierten Technik passte. Er fühlte sich wohl in seiner Neandertalerhöhle.

Wie ihre Stimme gezittert hatte, wie sehr sie sich bemüht hatte, die Starke zu spielen. Er hatte genug gesehen von den sogenannten starken Frauen. Die wahre Macht, das spürte er, kam von der Anonymität, die ihn umgab wie einen Schutzmantel. Wie eine Tarnkappe sogar.

Doch die Tarnkappe konnte herunterfallen, der Schutzmantel ihm entrissen werden. Er musste auf der Hut sein. Auf der Hut vor ihr. Keinen Fehler durfte er mehr machen, nach jenem ersten Fehler vor Wochen, vor Monaten, vor einigen Tagen? Er wusste selbst nicht mehr, wie lange es her war, aber es hatte mit der Darmstädter Sache zu tun. Er war bei seinem Arzt in Darmstadt gewesen. Angeblich. Ein Glück, dass die Sprechstundenhilfe, die damals noch einmal anrief und ihn monierte, er solle den versäumten Besuch nachholen, nicht sie am Telefon erwischte oder jemand anderen. Wie leicht hätte das passieren können. Was hatte er an jenem Tag in Darmstadt zu suchen, wenn er nicht beim Arzt war? Sie hätte zwei und zwei zusammengezählt und ihm vielleicht peinliche Fragen gestellt. Sie hatte ihn so merkwürdig angesehen, als er, vertieft in den Zeitungsbericht im *Bergsträßer Anzeiger* über die Tote in Darmstadt, einmal in sich hineingekichert hatte. Gehüstelt. Diese Hüstelei sollte er aufgeben. Aber sie war schon ein Teil von ihm geworden, und bevor er sich versah, war das Gehüstel da. Er ging zum Biedermeiersekretär und öffnete das Geheimfach. Beruhigt strich er über das Hundehalsband, das auf einem dunkelgrünen Samtpolster lag, wie ein wertvolles Schmuckstück in der Auslage eines noblen Juweliergeschäfts. Die Steine glitzerten im Kerzenschein. Er strich noch einmal liebevoll über das Halsband. Ach ja, der kleine Hund. Das hatte er nicht gewollt, aber man war im Leben manchmal gezwungen, Dinge zu tun, die notwendig waren. Notwendig zum eigenen Schutz. Das Hündchen war ein Kollateralschaden gewesen.

Er schloss das Geheimfach, legte sich aufs Biedermeiersofa, las bei Kerzenschein in seiner Lieblingslektüre. Es waren die gesammelten Geschichten von Walter de la Mare, den er noch mehr schätzte als Edgar Allan Poe und Daphne du Maurier und Mary Shelley zusammen.

Beinahe hätte er vergessen, die Kerze zu löschen, bevor er zu Bett ging.

Er schaute sich in seinem Zimmer um, bevor er das Licht löschte. Wie schön es hier war mit all den antiken Möbeln und Kleinigkeiten!

Schöner als unten dieser ultramodern und steril eingerichtete Salon mit den vielen Gemälden. Doch die Gemälde liebte er ja auch. Bis auf eins.

Er musste auf der Hut sein. Nur keinen Fehler machen. Keine Schwäche zeigen. Die Welt gehörte den Starken. Nicht nur den starken Frauen, dachte er beim Wegdämmern, und er schlief kichernd ein.

21. Kapitel | Charlotte

»So kann es nicht weitergehen mit Sophie«, sagte Charlotte energisch. »Ich denke, sie macht uns nur glauben, dass die anonymen Anrufe aufgehört haben. Die Engländer würden sagen: *what a blessing*, was für ein Segen, dass diese unselige Beziehung mit diesem Herrn Blessing zu Ende ist, aber in diesem Fall kann man eher von einem Fluch als von einem Segen reden. Diese Anrufe, dieses Tyrannisieren. Sophie ist ganz bleich, und sie kommt mir auch abgemagert vor. Sie hat kaum etwas gegessen, als sie bei uns im »Asyl« war.«

»Obwohl ich alle Register meiner Kochkunst gezogen habe, oder?«, fragte Ferdinand. Seit er im Ruhestand war, entdeckte er sein versiegtes Talent als Hobbykoch wieder.

»Aber egal, ich bin deiner Meinung, Charlotte. Sie verschweigt uns was, frisst ihren Kummer in sich hinein.«

»Dieser neue Auftraggeber, hast du das auch gemerkt, der scheint einen starken Eindruck auf Sophie gemacht zu haben. Dieser reiche Architekt und Schöngeist«, begann Charlotte nach einer Weile des Schweigens.

»Ja, allerdings, das ist mir nicht entgangen. Das wäre mal ein anderes Muster als diese Männerriege ihrer Verflossenen, alles Männer ihrer eigenen Generation. Wie hießen die noch mal?«

»Sven Dahm, ihr Exmann. Boris Maiwald, der Bigamist. Torsten Blessing, der gekränkte Othello. Der Narziss und Macho. Es gab noch einige andere kleine Liaisons, aber diese drei waren doch die markantesten Männergestalten in Sophies Leben. Tatsächlich, das wäre mal ein überraschendes Ausbrechen aus ihrem gewohnten Männermuster mit diesem Typ Mann: ein älterer Herr. Gabriel Vonderheid hat Sophie wohl mit seinem väterlichen Charme beeindruckt. Zumindest könnte man aus Sophies Verhalten darauf schließen. Und vielleicht vermittelt er ihr auch ein Gefühl von Sicherheit.«

»Und nichts braucht sie dringender, nachdem ich als Vertreter des Auges des Gesetzes versage«, sagte Ferdinand selbstkritisch.

»Ich möchte eigentlich diesen Gabriel Vonderheid gerne mal kennenlernen«, sagte Charlotte ganz plötzlich. »Sollten wir ihn nicht einfach einladen?«

»Wie und unter welchem Vorwand? Es geschieht doch aus Neugierde, oder?«, spöttelte Ferdinand. »Wieder mal eine typische Charlotte-Idee.«

Sie konterte mit Unschuldsmiene: »Ich habe wie Gabriel Vonderheid eine kleine Bildersammlung, wenn ich auch nicht über solche Pretiosen verfüge wie er, nach Sophies begeisterter Schilderung zu schließen. Und wenn ich auch eigentlich nicht mehr sammle seit Bernhards Tod, einige schöne Stücke habe ich schon vorzuweisen.«

Ja, es war Bernhard Kirchhoff gewesen, der auf Auktionen gegangen war und Kinderbildnisse für seine Frau Charlotte ersteigert hatte. Charlotte hatte sie arrangiert und auch manchmal sogar restauriert, als laienhafte, aber begabte und begeisterte Kunstlehrerin.

»Ich schlage Sophie die Sache mit der Einladung einfach vor«, schloss Charlotte. »Es liegt dann bei ihr, ob ihr die Idee gefällt oder nicht.«

Sophie akzeptierte den Vorschlag, und auch Gabriel Vonderheid nahm die Einladung an, die für Sonntag vorgesehen war. Es sollte ein ganz altmodischer Kaffeeklatsch werden. So zumindest plante es Charlotte.

22. Kapitel | Vita brevis ars longa

Charlotte schmückte das Wohnzimmer mit den Blumen, die ihr zur Verfügung standen. Nach dem kalten März und einem Mai, der sich mit Stürmen und Regen launischer gebärdete als der April, schien die Natur nun doppelt entschlossen zu sein, alles Versäumte nachzuholen. Für Charlotte war die Natur ein Lebewesen.

Allein die Glyzinie, die ihre Tentakel ausstreckte, um sich festzuklammern am Gebälk des mit Holz verkleideten Dachstuhls, kam ihr vor wie ein Oktopus. Ein Meeresungeheuer, das sich festsog. Ein Monster, das sie zuweilen auszusaugen schien, denn die Glyzinie musste gehegt und gepflegt werden, damit die Tentakel nicht ins Unendliche ins Dach hineinwucherten und es beschädigten. Bartnelken, Lavendel und die ersten Hortensien, dazu Farne und Lupinen, Glockenblumen und Rittersporn, all dies arrangierte sie in den vielen Vasen, die ihr verstorbener Mann Bernhard Kirchhoff ihr von diversen Auktionen über die Jahre mitgebracht hatte. Die hohe blauweiße Delfter Vase, die kleineren Porzellanvasen der Marke Fürstenberg und die holländischen Fayencen. Schade, die Pfingstrosen, Charlottes Lieblingsblumen, waren schon verblüht. So vergänglich wie die Schönheit von uns bedauernswerten Frauen, sinnierte Charlotte und warf im Vorbeigehen einen kritischen Blick auf ihr Konterfei im Spiegel über der Konsole.

Ihre Haare waren grauer geworden. Entschlossen, die Tatsache des Alterns mit Würde zu tragen, hatte sie bisher auf das

Haarefärben verzichtet. Sie strich sich energisch eine widerspenstige graublonde Haarlocke aus der Stirn und erwog, demnächst doch ein wenig zu mogeln. Es gab gute Tönungen, die sehr natürlich wirkten und das ehemalige Blond ihrer Haare ein wenig aufleben lassen würden. Einen Hauch davon zumindest. Wie zur Bestätigung ihrer morbiden Betrachtung über das Alter fiel Charlottes Blick auf das Gemälde, das ihr immer einen Schauer über den Rücken jagte und das sie eigentlich nur aus Pietät und zum Andenken an Bernhard nicht abgehängt hatte. Bernhard, den »kunstsinnigen Technokraten«, wie sie ihren verstorbenen Mann gerne genannt hatte.

Es war eine Vanitas-Darstellung, wie sie eindringlicher nicht hätte sein können. Eine vielfache Beschwörung der Vergänglichkeit alles Irdischen: Neben einem Totenschädel lagen in einer Obstschale Früchte in den unterschiedlichsten Stadien des Verderbens: aus einem angefaulten Apfel kroch ein dicker weißer Wurm, die Pflaumen und Kirschen wiesen bräunliche Stellen auf, und durch ein Stundenglas war der Sand bis auf einige wenige Körnchen durchgeronnen. Die Delfter Obstschale war beschädigt und wies einen langen Riss auf, und eine tote Fliege lag in einem leeren Weinglas, das ebenfalls wie die Fayenceschale einen dicken Sprung hatte.

Memento Mori, dachte Charlotte. Es war Bernhards Lieblingsgemälde gewesen. Ob er seinen tragischen Unfalltod schon irgendwie erahnt hatte, als er das Gemälde etwa drei Monate vorher ersteigert hatte? Eine makabre Idee.

»Hängst du morbiden Gedanken nach?«, ertönte eine Stimme in die Stille hinein.

Ferdinand war unbemerkt ins Zimmer gekommen und nahm Charlotte in die Arme.

»Sollen wir das Bild nicht endlich auf dem Speicher verstauen?«, schlug er vor. »Es zeigt uns doch gar zu deutlich, wie kurz das Leben ist.«

»Vita brevis, ars longa«, gab Charlotte zurück. »Das Leben währt nur kurz, doch die Kunst währt lang. Sorry, wie prahlerisch, ich mit meinem Latein!«

»Kein Grund, sich zu entschuldigen«, meinte Ferdinand. »Ich sollte mich eher entschuldigen. Das Gemälde ist eine Erinnerung an deinen Mann, und es ist ein so meisterlich gemaltes Bild.«

»Ja, so ist es. Aber heute wird noch genug über Kunst gesprochen werden, weil gleich unser Besuch kommt.«

Es klingelte. Sophie und Gabriel Vonderheid standen vor der Tür. Sie waren beide gleichzeitig in Birkenbach angekommen.

Oh, dachte Charlotte, als der bis dato ihr unbekannte Gast eintrat, dieser Mann könnte mir aber auch gefallen. Kein Wunder, dass Sophie so angetan ist von ihm. Er passt aber so gar nicht in ihr gewohntes Männermuster hinein.

Hund Puck war trotz seines Alters immer munter, wenn Besucher ins Haus kamen, zumal dann, wenn es Unbekannte waren. Sein Revier-Verteidigungsinstinkt funktionierte noch blendend, und kläffend verwehrte er dem Gast den Eintritt ins Wohnzimmer.

»Sie sind wohl nicht an Hunde gewöhnt?«, fragte Charlotte. »Es tut mir leid, ich hätte Puck festhalten sollen.«

Sie nahm das schwarze bellende Kerlchen am Halsband.

»Ach nein. Ich habe nichts gegen Hunde. Ich hatte in meiner Kindheit einen Hund, aber irgendwie hat es sich später nicht mehr ergeben, dass ich Hundebesitzer wurde. Ein Hund braucht Zuwendung, und ich war zu beschäftigt während meiner aktiven Berufsjahre, um mich um ein Haustier zu kümmern. Pollux, ja, so hieß der Hund unserer … meiner Kindheit …«, sagte Gabriel Vonderheid mit nostalgischem Ton und etwas geistesabwesendem Gesichtsausdruck. Puck hatte sich beruhigt und zog sich in seinen Hundekorb zurück. Seufzend und in sein Schicksal ergeben.

»Ich habe unsere wundervolle Birkenbacher Konditorei geplündert«, sagte Charlotte und wies dem Besucher einen Platz an der reichlich bestückten Kaffeetafel zu.

Nach einem anfangs etwas förmlichen und steifen Auftakt

lockerte sich die Atmosphäre allmählich, zumal der Gast bewundernd die Gemälde kommentierte, die den Kunstsinn der Besitzerin und den ihres verstorbenen Mannes spiegelten.

»Ich bin eher der unbedarfte Banause«, sagte Ferdinand. »Der Lebensgefährte, der seit noch nicht zwei Jahren das Privileg hat, in diese kleine Kunstsammlung hineingeschlittert zu sein.«

»Er liebt das Tiefstapeln«, kommentierte Sophie ironisch die Marotte des Lebensgefährten ihrer Tante. »In Wahrheit hat der Herr Ex-Kripochef ein großes Wissen, was Kunst angeht.«

Bei Sophies Worten schien Gabriel Vonderheid kurz zusammenzuzucken. Er räusperte sich verlegen. Es entstand eine leicht peinliche Stille.

Doch zum Glück gab es Puck. Gabriel Vonderheid war ein kleines Stück Kuchen von der Gabel gefallen, und der clevere Hund nahm blitzschnell seine Chance wahr und schnappte sich die Trophäe.

Ich hätte Ferdinand doch lieber außen vor lassen sollen bei dieser Einladung, dachte Charlotte. Bei seinem Vorwissen um die Machenschaften des Architekten hat er bestimmt Vorurteile gegen diesen netten Mann.

Ob der Ex-Kripochef um meinen Prozess weiß? So gingen gleichzeitig die Gedanken von Gabriel Vonderheid. Dann müsste er auch wissen, dass der Prozess mit einem Freispruch für mich geendet hat.

Beherzt packte er den Stier bei den Hörnern: »Für welches Ressort waren Sie zuständig?«

»Mordkommission«, war die kurze Antwort. »Und ich bin froh, nichts mehr damit zu tun zu haben. Mit den Verbrechern: den Triebtätern, den Beziehungstätern, den Raubmördern, ganz zu schweigen von den Psychopathen, deren Tatmuster so undurchsichtig waren, dass man sie kaum zu fassen bekam. Die noblen Betrüger in feinem Tuch zählten aber auch nicht gerade zu meinen Freunden. Auch die bekam man oft nicht zu fassen.«

Ferdinand hätte sich ohrfeigen mögen für die letzte Bemerkung. Die gemütliche Atmosphäre der Kaffeeeinladung schien in stürmische Gewässer abzudriften. Charlotte fand es an der Zeit, einzugreifen und vor allem abzulenken.

»Das Gemälde, das meine Nichte für Sie restauriert, ist sehr interessant«, begann sie. »Die schöne 50er-Jahre-Dame ist Ihre Frau Mutter? Sie ist wohl schon lange tot?«

»Ja, es ist ein Jugendporträt von Mama«, antwortete Gabriel Vonderheid. »Aber sie lebt noch in meiner Villa, und sie wird betreut von einer litauischen Pflegerin. Niemals würde ich es übers Herz bringen, Mama in ein Pflegeheim zu stecken. Das wäre herzlos und undankbar. Das tut man nicht als liebender Sohn. Sie ist schwierig, sie lebt in ihrer eigenen Welt. Einer Welt, die ein wenig aristokratisch erscheint.«

»Wieso das?«, wollte Charlotte wissen.

»Mama stammt aus hessischem Adel, sehr entfernt. Kleinadel würde man es nennen, denke ich. Doch sie hält an dieser Abstammung fest. Noch beharrlicher, seit sie …«, er zögerte und beendete sehr zögerlich den Satz, »seit sie dement ist. Nur Lisaweta kommt an sie heran. Sie sprechen Russisch miteinander. Lisaweta Endruscheit, ihre Betreuerin, stammt aus Klaipeda in Litauen, ist aber ursprünglich Russin. Und die hessischen Markgrafen sind und waren mit dem russischen Adel verbandelt. Mama hat einen ausgesprochenen Russenfimmel, wenn Sie so wollen. Einen Aristokratendünkel auch.«

Lisaweta, der Feldwebel, dachte Sophie, schwieg aber diplomatisch.

»Das ist lobenswert«, sagte Charlotte. »Ich meine Ihre Einstellung, Ihre Mutter niemals in ein Heim zu geben. Trotz aller Schwierigkeiten, wie ich mir vorstellen kann. Es ehrt Sie.«

»Für seine nächsten Verwandten hat man eben nun mal eine Verantwortung. Nicht nur für eine demente Mutter.«

Plötzlich klang die Stimme des Gastes barsch und leicht verärgert.

So leicht schien Gabriel Vonderheid die Verantwortung doch nicht zu fallen.

An Sophie gewendet, wechselte er das Thema.

»Was meinen Sie, Frau Dahm, wie lange werden Sie noch an der Restaurierung des Gemäldes arbeiten?«

»Das kommt ganz darauf an …«

Sophie ließ den Satz unvollendet, leicht erschrocken.

»Worauf kommt es an?«, kam die prompte Gegenfrage.

Charlotte, Ferdinand und Sophie wagten nicht, sich anzuschauen. Ihre Blicke gingen betreten zu Boden. Man konnte doch unmöglich verraten, dass Sophie einem üblen Telefonterror ausgesetzt war und von einem Stalker bedroht wurde, der aus dem Dunkeln heraus agierte.

Ein Elefant ging durchs Zimmer, wie die Engländer sagen, wenn etwas Unausgesprochenes, Unangenehmes, das allen mehr oder weniger bewusst ist, im Raum steht.

»Nun ja, Sophie hat wohl noch andere interessante und wichtige Aufträge, die vorrangig sind«, schaltete sich Charlotte ein, doch sie bezweifelte, ob ihr Versuch, die Situation zu retten, gelungen war.

»Natürlich, ich sollte nicht so egoistisch sein. Lassen Sie sich Zeit, Frau Dahm«, lenkte Gabriel Vonderheid ein, dann rief er mit einem Blick auf die englische Grandfather's Clock in der Ecke: »Oh, schon so spät. Ich muss noch jemanden vom Arzt abholen. Ich habe es fast vergessen.«

»Ein interessanter Mann«, sagte Charlotte, als der Gast gegangen war.

»Männer mit Geheimnissen sind immer interessant«, bestätigte Sophie. »Er hat doch ein Geheimnis, oder?«

Sie sagte es so bewundernd, dass Ferdinand es an der Zeit fand, für Ernüchterung zu sorgen.

»Ich hatte in meiner Zeit als Kripochef mit vielen interessanten Männern zu tun … Und einige wirkten so honorig wie unser Besucher eben.«

Er merkte erschrocken, dass er schon wieder übers Ziel hinausgeschossen war, und er wiegelte mit einem Scherz ab: »Entschuldige, aus mir spricht der pure Neid. Wer hält mich für interessant?«

»Ich wüsste da jemand«, sagte Charlotte, nahm seine Hand und drückte sie fest.

»Ich muss nun zurück«, entschuldigte sich Sophie. »Ich habe große Lust, an meinem Gemälde weiterzuarbeiten. Ich habe gestern mit dem Restaurieren der Augen angefangen.«

»Den kalten Augen von Mama?«, fragte Charlotte, indem sie das Wort »Mama« auf der zweiten Silbe in Nachahmung von Gabriel Vonderheids Aussprache spöttisch betonte.

Doch Sophie war schon aus dem Zimmer gegangen.

Kurz darauf hörte man, wie der Motor ihres Wagens aufheulte.

»Sie ist in Fahrt«, meinte Charlotte.

»Im wahrsten Sinne des Wortes.«

»Bin mal gespannt, wie das weitergeht mit den beiden.«

Sie schaute Ferdinand stirnrunzelnd an.

»Ja, zwischen denen knistert es«, bestätigte er. »Sehr sogar.«

Und beide dachten das Gleiche: Viel Glück, Sophie.

23. Kapitel | Der Einbruch

Der Mann schlug genau um ein Uhr nachts zu. Er trug dicke Handschuhe, war vermummt und unbewaffnet. Für ihn war es ein Kinderspiel, in die Villa zu gelangen.

Er zog die Schuhe aus und schlich zielstrebig, doch nicht ganz so flink wie ein Wiesel, in den oberen Stock.

Auf dem Weg nach oben stopfte er sich einige Gegenstände in die Taschen seiner weiten Jacke aus dunkelblauem Leinen. Einen Jugendstil-Briefbeschwerer, zwei Kerzenleuchter aus Messing, zwei Landschaftsminiaturen, einen Bronzelöwen und einen Bronzehund mittlerer Größe und einen Rosenkranz, der zur Dekoration an der Wand neben einem Biedermeierspiegel hing. Das sollte genügen. Er schlich weiter, sah sich um. Seine leisen Schritte gingen in Richtung Mansarde. Vor einem der drei Zimmer blieb er stehen. Er kramte in seiner Jackentasche, und einer der beiden Kerzenleuchter fiel krachend auf den Teil des Holzbodens, der nicht von dem langen Kokosläufer bedeckt war.

Er hob den Leuchter nicht auf, sondern legte sein Ohr lauschend gegen die Zimmertür. Es hatte geklappt. Etwas raschelte drinnen. Man hörte Schritte, die sich näherten. Er hob nun den Leuchter auf und hielt ihn, bereit zur Attacke, mit beiden Händen fest. Die Arme mit dem Leuchter gingen blitzschnell nach oben, als die Person in den Flur trat, im Begriff, etwas zu rufen. Sie kam nicht mehr dazu, denn die beiden Arme mit dem Kerzenleuchter schlugen zu.

Die Person sackte lautlos zu Boden. Der Mann packte den Leuchter, wischte ihn an einem Tuch ab, das in der linken inneren Jackentasche steckte, und ließ ihn in einer der äußeren Jackentaschen verschwinden.

Er entfernte sich. Die Zweige des Kastanienbaums schlugen an das schräge Fenster im Flur. Ein kränklicher Mond beschien den Hinterkopf der toten Person auf dem Holzfußboden. Im Schein des Mondes sahen die verklebten Haare schwärzlich aus. Doch das im Juni früh einbrechende Tageslicht zeigte wenige Stunden später die klebrige Masse, die sich nun zu einer Lache entwickelt hatte, in grellstem Rot.

Ein Zipfel des dunkelblauen Samtvorhangs, der über dem mit Jugendstilornamenten verzierten Glasfenster nahe der Leiche angebracht war und schwer zu Boden hing, sog die grellrote Masse auf. Der alte Kastanienbaum, in der Nacht noch vom Wind bewegt und vom Regen gepeitscht, bot sich in seiner frühsommerlichen Schönheit dar, stiller Zeuge eines Verbrechens.

24. Kapitel | Einsamkeit

Sophie war erstaunt, dass morgens um acht Uhr ein Anruf von Gabriel Vonderheid kam. Sie hatte wie immer in letzter Zeit gezögert, ans Telefon zu gehen, immer noch voller Angst, ihr Peiniger könne sie wieder belästigen, doch sie nahm all ihren Mut zusammen und hob den Hörer ab.

»Entschuldigen Sie die frühe Störung, Frau Dahm, aber es hat heute Nacht in meiner Villa einen Einbruch gegeben. Und wie es aussieht, hat meine Haushälterin Lisaweta den Dieb überrascht. Er hat sie angegriffen und … tödlich verletzt.«

»Fehlen Wertsachen?«, stotterte Sophie im allerersten Schock.

»Ach nein, Entschuldigung, das ist ja zweitrangig. Die Tote …«

Sie rang nach Worten. Auch Gabriel Vonderheid hatte ja zuerst den Einbruch und dann erst den Todesfall erwähnt.

»… das ist ja furchtbar. Ihre große Stütze … Kann ich irgendwie helfen?«

Wie ratlos man doch in Krisensituationen war, wie täppisch sogar.

»Nein, für Mama ist gesorgt. Es gibt da diesen Notdienst der Bensheimer Caritas. Bis eine … Nachfolgerin gefunden ist.«

Nach einer kleinen Pause sagte er leise: »Aber es gibt keinen Ersatz für Lisaweta. Sie war einzigartig. Ich wollte, dass Sie es als Erste erfahren, ich habe sonst … niemanden.«

Gabriel Vonderheids Stimme klang plötzlich sehr brüchig.

Er legte auf, bevor Sophie ihr Hilfsangebot wiederholen konnte.

Wie eine Schlafwandlerin ging sie zum Esszimmer zurück, trank ganz mechanisch einen Schluck Kaffee.

Draußen auf der Straße ging das groteske Pärchen eng umschlungen. Der schmächtige junge Mann hing an der dicken Partnerin wie ein Kind an der Mutter.

Mamma massiva, dachte Sophie.

Heute hielt der junge Mann einen kleinen Hund an der Leine. Einen Mops von seltener Hässlichkeit. Modehunde, besonders beliebt bei den Jüngeren. Das arme Tier, dachte Sophie, es kann kaum schnaufen. Sie konnte den Trend wirklich nicht nachvollziehen.

Sie biss geistesabwesend in das belegte Brot, das sie sich gerichtet hatte, und wunderte sich, dass sie überhaupt einen Bissen herunterbringen konnte.

Ich habe niemanden sonst, hatte Gabriel Vonderheid gesagt, und das ganze Ausmaß der Einsamkeit dieses Mannes wurde ihr mit einem Schlag bewusst. Wenn sie ihm nur helfen könnte. Das Gefühl ihrer Ohnmacht war größer als das ihrer Angst, ihrer Verunsicherung, ihrer Verzweiflung. Kraftlos ließ sie die Arme sinken, starrte hinunter auf die Straße, die nun menschenleer war. Ein leichter Sommerwind ließ die Blätter der Birke im gegenüberliegenden Garten erzittern.

Langsam ging sie zurück ins Zimmer, setzte sich aufs Sofa neben Daphne, strich ihr übers dichte weiße Fell, und sie empfand so etwas wie Trost.

25. Kapitel | Seelenfrieden

Ich hatte keine andere Wahl, dachte er, so wenig wie neulich im Fürstenlager. Es tut mir selbst in der Seele weh, wenn ich eine Kreatur töten muss, um selbst weiterleben zu können. Unentdeckt weiterleben zu können. Das ist die Kunst. Ein kleiner Hund, und das, obwohl ich Hunde mag.

Und diesmal ist es eine Frau, die zwar nicht sehr sympathisch war, die mir aber auch viel Gutes getan hat. Das muss ich zugeben, obwohl es ziemlich anstrengend war, sie zu überlisten, ihrer Bewachung zu entgehen. Zweimal ist es mir ja gelungen. Bei der Darmstädter Sache. Und dann noch einmal. Wie hätte es ohne sie mit der alten Frau da oben gehen sollen? Sie in ein Heim stecken, eine dieser noblen und teuren Seniorenresidenzen für alte Damen der gehobenen Gesellschaft? Obwohl ich natürlich diese Rücksicht übertrieben fand. Kein Wunder: nach allem, was ich früher unter ihr habe erdulden müssen. Sie hätte mich nicht erpressen sollen. Mein Misstrauen war nicht unbegründet, sie muss mich seit geraumer Zeit beobachtet haben, und sie hat das Hundehalsband entdeckt. Ich hätte es besser verstecken oder noch besser: es gleich entsorgen sollen. Aber man hat ja seinen Stolz. Man möchte doch ein kleines Pfand von seinen Unternehmungen, ein kleines Souvenir sozusagen, behalten. Es ging mir nicht um die Diamanten. Geld habe ich doch einiges zur Verfügung. Und sie wusste darum. Ich bin ja nicht entmündigt, ich bin immer noch erbberechtigt.

Trotz allem. Und sie wusste darum. Sie hätte keine Ruhe gegeben und mir wieder und wieder Forderungen gestellt. Nein, ich habe völlig richtig gehandelt, und nun habe ich meinen Seelenfrieden wiedergefunden. Beinahe. Wenn nur die Nachtmahre nicht wären, die mich quälen, auf meiner Bettdecke sitzen, schwer wie Blei, hämisch grinsend. Doch dann kommt der Morgen, und alles ist gut. Alles ist gut.

Er ging zum Schreibsekretär und schaute in das Geheimfach. Die Schreiner der früheren Epochen. Gelobt sei ihre Kunstfertigkeit.

Niemand würde hier das Halsband finden können. Man müsste das Möbel entzweihauen. Wieso hatte sie das Fach entdeckt? Sie musste sich einmal versteckt haben, vielleicht hinter dem schweren Vorhang aus Samt. Die raffinierte, geldgierige Person. Ach, dachte er, und ein Lächeln der Genugtuung huschte über sein Gesicht. Es war nicht schade um solch eine geldgierige Frau. Er hatte der Welt einen Gefallen getan. Er schloss den Sekretär ab und vertiefte sich in seine Lektüre, die er gestern Nacht hatte abbrechen müssen. Nein, um die Litauerin war es nicht schade.

Nun würden sie vielleicht bald erscheinen, doch er wäre die Ruhe selbst. Es war die Ruhe, die ein reines Gewissen den Menschen beschert.

Die Anrufe allerdings, ging es ihm durch den Kopf, die Anrufe sollte ich ein wenig reduzieren. Zumindest vorläufig.

Er ging etwas nervös zum Schreibsekretär, öffnete abermals das Geheimfach, das sehr tief war. Er atmete erleichtert auf.

Ja. Der Kerzenleuchter, der verräterische, lag neben dem Hundehalsband. Er rieb mit einem Tuch mehrmals energisch darüber. Er hatte gut geputzt. Er kicherte, machte es sich gemütlich auf dem Sofa und widmete sich seiner Lektüre.

26. Kapitel | Verhöre

Fronleichnam.

Das passt, dachte Gregor Weingartner, als er aus seiner Feiertagsruhe heraus angerufen wurde.

Fronleichnam und wieder eine Frauenleiche, diesmal in einer Villa. Was ist nur los neuerdings in unserem idyllischen, beschaulichen Bensheim?

Das Wetter war unbeständig, und er hatte auf seine Radtour verzichtet, weil er, was Gewitter betraf, ein ausgemachter Feigling war. Der Arzt hatte ihm gemütliches Radfahren entlang der Bergstraße empfohlen, keine Steigungen im Odenwald, keine langen Gewalttouren. Die Herzrhythmusstörungen, die hauptsächlich stressbedingt waren, würden sich bei regelmäßig, aber mäßig betriebenem Sport mit der Zeit geben, hatte der Chefarzt des Heidelberger Klinikums gesagt. Seit einer Woche wieder im Dienst, hatte Gregor Weingartner ein Chaos vorgefunden, das sein Stellvertreter Oliver Keck hinterlassen hatte.

Nun stand Gregor Weingartner vor der Frauenleiche, die übel zugerichtet war. Ein schwerer Gegenstand, den die Leute von der Spurensuche nun zu finden hofften, hatte den Schädel des Opfers zertrümmert.

Die junge Gerichtsmedizinerin, Dr. Anja Kaffenberger, sagte lakonisch: »Allmählich macht man sich schon Gedanken, ob es eine gute Idee ist, als Frau hier an der schönen Bergstraße zu wohnen. Schon der dritte Frauenmord in Südhessen in ein paar Wochen.«

»Das klingt, als gingen Sie von einem Serienmörder aus, Frau Dr. Kaffenberger?«

Gregor Weingartner strich sich über das mit nur wenigen grauen Strähnen durchzogene feuerrote Haar, das immer aussah, als habe er einen kleinen Sturm erlebt. Die Haarpracht gab dem Kripochef ein ausgesprochen dynamisches Aussehen.

Das Gleiche galt für die junge Pathologin, die man für Weingartners Tochter hätte halten können. Sie schüttelte die rotblonden Locken und erwiderte, ohne auf Gregor Weingartners Frage einzugehen: »Na ja, der Keck hat ja alles versiebt und bisher nichts Gescheites feststellen können. Bin ich froh, dass Sie wieder hier sind, Chef.«

»Das schmeichelt mir ungemein«, gab der Kripochef zu. »Mein Stellvertreter scheint ja keinen sehr positiven Eindruck hinterlassen zu haben. Da gab es schon so manche Beschwerde, vor allem seitens der Damenwelt im Polizeikommissariat.«

»Ja«, bestätigte die junge Ärztin. »Er war nicht nur ermittlungstechnisch eine Niete, er hat auch noch alle Frauen belästigt, die ihm in die Nähe kamen. Ein zwanghafter Erotomane. Egomane dazu. Ich habe die Dummheit besessen, neulich seine Einladung zum Himmelfahrtstreffen der Studenten-Verbindungen in Weinheim anzunehmen. Nach zwei Stunden und nach ergiebigem Bierkonsum war seine Schieflage schiefer als die Fackeln beim Umzug der Corps-Studenten oben auf der Wachenburg. Vielleicht sind ja nicht alle Corps-Studenten über einen Kamm zu scheren, aber ich habe genug gesehen, vor allem, was unseren Keck angeht. Ein arroganter Macho. Nie wieder. Ich habe mich losgerissen, nachdem er mich wüst begrapscht und mich ebenso wüst beschimpft hat, weil ich nicht gerade entzückt reagiert habe. Ach, Chef, ich habe immer das Pech, an die falschen Männer zu geraten«, seufzte die junge, ausgesprochen attraktive Pathologin, schüttelte dynamisch ihre rote Lockenmähne und wandte sich wieder ihrer Arbeit zu.

Das kommt mir bekannt vor, dachte Gregor Weingartner. Mein alter Kollege Ferdinand Guldner hat mir mal von der Nichte seiner Lebensgefährtin Charlotte Rapp erzählt, die offenbar auch immer an die falschen Männer gerät. Man sollte Frau Doktor Kaffenberger mal mit dieser Sophie bekanntmachen. Sie könnten eine Selbsthilfegruppe gründen, die beiden. Beide so gutaussehend und so nett und intelligent und doch vom Männerpech verfolgt. Er hatte Sophie einmal kennengelernt.

Apropos Ferdinand Guldner: Der müsste doch bald erscheinen.

Er hatte seinen Vorgänger benachrichtigt und ihn gebeten, zum Tatort zu kommen, denn der Name Vonderheid war vor einigen Tagen im Gespräch mit Ferdinand gefallen. Und nun dieser Mord in der Villa des Architekten. Welch ein seltsamer Zufall.

Der Name Vonderheid war ihm nicht unbekannt. Da war doch vor einigen Jahren diese Sache mit dem Prozess gewesen? Ein vermeintlicher Bauskandal? Na ja, Vonderheid war freigesprochen worden. Aus Mangel an Beweisen, und sein Verteidiger hatte sogar von einer Verschwörung neidischer Konkurrenten gesprochen.

Alles glaubhaft, aber dennoch: semper aliquid haeret, dachte Gregor Weingartner. Es bleibt immer etwas hängen.

Ferdinand Guldner erschien rechtzeitig am Tatort, als der Hausbesitzer befragt wurde. Gabriel Vonderheid war völlig aufgelöst und gab an, nichts Verdächtiges gehört zu haben in der Tatnacht.

»Lisaweta war eine so mutige Frau, sehr resolut, sehr stark, und nun hat sie ihren Mut mit dem Leben bezahlen müssen. Ich könnte mir vorstellen, dass der Täter Verletzungen davongetragen hat, denn eine solche Frau lässt sich nicht ohne Gegenwehr einfach so … töten.«

Er starrte geistesabwesend vor sich hin.

»Sie ist für uns gestorben«, flüsterte er. »Für uns alle im Haus. Sie hat sich geopfert. So sehe ich das.«

»Für uns alle? Wer wohnt denn noch in der Villa?«, fragte der Kripochef verwundert.

Er hatte angenommen, der Besitzer sei der einzige Bewohner der Villa, da sonst niemand erschienen war.

»Da ist noch meine Mutter«, erklärte der Architekt. »Meine Mutter, und … Lisaweta war ja nicht nur meine Haushälterin, sondern auch die Pflegerin meiner hochbetagten hilfsbedürftigen Mutter.«

»Kann man Ihre Mutter verhören?«

Jetzt musste Gabriel Vonderheid aussprechen, was er so gerne verheimlicht hätte, und er reagierte mit unverhohlenem Zynismus: »Mama … meine Mutter ist Alzheimer-Patientin. Ja, Herr Kripochef, demente Menschen sind Ihre zuverlässigsten Zeugen, oder?«

Ein gellender Schrei zerriss in diesem Moment die etwas peinliche Stille.

»Da hören Sie. Sie ruft nach Lisaweta. Der Einbruch. Der Mord. Alles ist an ihr vorbeigegangen. Die Glückliche. Demenz kann ein Segen sein.«

»Apropos Einbruch«, versuchte der Kripochef auf den Punkt zu kommen. »Welche Gegenstände fehlen eigentlich?«

Er ließ den Blick schnell durchs Zimmer schweifen.

»Ich sehe Gemälde, offenbar wertvolle Gemälde, würde ich sagen, obwohl ich kein Kunstkenner bin.«

»Ja, aber da fehlt nichts. Sie sehen keine leere Stelle. Und die Gemälde hier sind ja auch fast alle sehr großformatig.«

»Doch, ich sehe eine leere Stelle, dort drüben.«

Der Kripochef zeigte auf eine ziemlich große leere Fläche.

»Stimmt, da hängt normalerweise das Porträt von Mama … meiner Mutter. Ein Jugendbildnis. Es wird gerade von Sophie Dahm restauriert und befindet sich in deren Atelier. Frau Dahm ist die Nichte von Herrn Guldners Lebensgefährtin.«

»Ich weiß«, erwiderte Gregor Weingartner.

»Die Bilder hier im Raum wurden nicht angetastet, aber es fehlen zwei Landschaftsminiaturen, die im Flur hingen. Dazu ein nicht sehr großer Bronzelöwe, auch ein Hund aus Bronze, ebenfalls nicht sehr groß. Ach ja, und ein Dekorations-Rosenkranz und ein hübsches Paperweight, also ein Jugendstil-Briefbeschwerer aus Glas. Das ist soweit alles, wie ich das überblicke. Keine sehr wertvollen Gegenstände. Die wertvollen Porzellangruppen der Manufakturen Meißen und Frankenthal zum Beispiel und die sechs kleineren Gemälde berühmter holländischer Maler sind alle noch da. Der Einbrecher war kein großer Antiquitätenkenner. Das erscheint mir sehr rätselhaft. Und da hätte ich beinahe die beiden Messingleuchter vergessen, die ebenfalls fehlen.«

Ein junger Mann von der Spurensuche kam ins Zimmer und zuckte resigniert mit den Schultern.

»Chef, leider keine Erfolgsmeldung, was die Tatwaffe betrifft. Wir wissen ja nicht einmal, nach welcher Art Waffe wir suchen.«

»Ein Kerzenleuchter«, rief Ferdinand aus, »das muss es sein. Einer der Kerzenleuchter.«

»Ja, das ist gut möglich«, sagte Gabriel Vonderheid, »einer der Leuchter war ziemlich groß und schwer.«

»Machen Sie erst mal eine Pause«, schlug Weingartner vor, an den jungen Mann von der Spurensicherung gewendet. »Und dann bitte ganz gezielt nach einem Kerzenleuchter suchen.«

Zum Hausherrn sagte er: »Können Sie sich vorstellen, wie der Täter in Ihr Haus gelangen konnte?«

»Das Fenster zum Bad unten war offen, sagten Sie? Darauf kann ich mir keinen Reim machen. Lisaweta in ihrer korrekten Art machte jeden Abend einen Kontrollgang durchs ganze Haus. Sie war zuverlässig. Sie hätte kein Fenster offenstehen lassen.«

Vonderheid fixierte den Teppich, als studiere er dessen Muster: Vögel, Blumenranken, Arabesken. Er schüttelte ungläubig den Kopf.

Der junge Mann von der Spurensicherung kam noch mal ins Zimmer.

»Da sind keine Fußabdrücke unterm Badezimmerfenster, das hatte ich vergessen, Ihnen zu sagen, Chef. Und das ist sehr merkwürdig, es hat doch geregnet gestern Abend.«

»Gut beobachtet«, lobte Weingartner den jungen Mitarbeiter. »Das ist wirklich seltsam.«

Von oben ertönte wieder ein Schrei. Es klang wie »Lisaweta«. Fordernd und tyrannisch.

»Mama ist auf Lisaweta fixiert. Aber es ist jemand oben von der Caritas«, sagte Gabriel Vonderheid, dann ergänzte er zögerlich: »Eigentlich müssten Sie noch jemanden befragen, der hier im Haus wohnt. Aber er wird Ihnen ebenso wenig helfen können wie … Mama.«

Erstaunt sahen sich Ferdinand Guldner und Gregor Weingartner an.

»Wer ist dieser Jemand?«

»Es ist Emil, mein älterer Bruder.«

Man hätte eine Stecknadel fallen hören können.

Die beiden Kriminologen schauten sich entgeistert an.

Gabriel Vonderheid ergriff das Wort, denn er wusste, dass er den beiden Männern eine Erklärung schuldig war.

»Mein Bruder lebt zurückgezogen in seinem Zimmer oben. Das ist seine eigene kleine Welt, und er bekommt eigentlich nicht viel mit von dem, was so geschieht. Er war schon immer ein … Sonderling. Aber harmlos. Ich habe ihm gesagt, dass Lisaweta tot ist. Er hat gelächelt und ist ganz ruhig geblieben. Dann hat er in seinem Buch weitergelesen. Als sei nichts geschehen.«

»Mit einem Wort, Herr Vonderheid, und bitte nehmen Sie mir diese Frage nicht übel: Ihr Bruder wäre ein Fall für eine … für ein Heim?«

Gregor Weingartner sah bei dieser Frage den Hausherrn forschend an.

Wie von der Tarantel gestochen, fuhr der bisher so beherrschte Mann hoch und rief empört aus: »Das kann man doch nicht machen, den eigenen Bruder wegsperren? Er ist, wie ich bereits versucht habe zu erklären, völlig harmlos. Er ist gebildet. Er ist sogar intelligent trotz seiner … Sonderbarkeiten. Er ist intelligent auf eine spezielle Weise. Schwer zu beschreiben. Ich habe unserer Mutter versprochen, dass ich ihn nie weggeben würde. Wie würden wir denn dastehen vor aller Welt? Und bisher hat es – mit Lisawetas Hilfe – geklappt.«

Er hielt verzweifelt inne: »Was mache ich nur ohne sie?«

»Ich verstehe Ihre Gefühle.«

Gregor Weingartner machte bei diesen Worten allerdings keinen verständnisvollen, eher einen genervten Eindruck, und er schaute zu Ferdinand Guldner hinüber, als flehe er um Unterstützung.

»Ihren Bruder würden wir aber doch mal gerne kennenlernen.«

»Tun Sie, was Sie nicht lassen können«, sagte Gabriel Vonderheid resignierend. »Aber Sie werden sehen. Eine Befragung ist vergebliche Mühe.«

Der Architekt hatte Recht.

Der ältere Mann mit lichtem Haar erhob sich von seinem Sofa, kam schlurfend auf die beiden Kriminologen zu, schüttelte ihnen herzlich die Hände und antwortete auf die Frage, ob er in der Nacht verdächtige Geräusche gehört habe, mit gleichbleibend freundlicher Miene: »Nein. Ich schlafe immer sehr fest. Warum fragen Sie, meine Herren? Ist etwas passiert?«

Um die Mundwinkel von Gabriel Vonderheid spielte ein Lächeln, sein Gesicht spiegelte Genugtuung, während er die beiden Männer ansah und dann zu seinem Bruder sagte: »Nein. Es ist nichts passiert, Emil. Du kannst weiterlesen.«

Dabei drückte er ihm das Buch in die Hand, das vor ihm auf dem Biedermeier-Tischchen lag.

»Alles ist gut.«

»Ja, alles ist gut«, wiederholte der Angesprochene, dabei gab er ein leises Kichern von sich.

Der Hausherr verließ schweigend mit den beiden Besuchern den Raum.

27. Kapitel | Montresor

Sophie schwirrte der Kopf.

Soeben war der Anruf von Charlotte gekommen, dass in der Villa Vonderheid in der Nacht ein Einbrecher die Haushälterin Lisaweta Endruscheit erschlagen hatte.

»Ich weiß es schon«, sagte Sophie. Und sie fügte schnell hinzu: »Schrecklich, aber zum Glück ist Herrn Vonderheid nichts passiert.«

Sie hätte sich auf die Lippen beißen mögen.

Doch Charlotte ging nicht auf die Bemerkung ein und sagte, Ferdinand sei ebenfalls zum Tatort gerufen worden und sie würde Sophie benachrichtigen, sobald er zurück wäre und Näheres berichten könne.

Wenig später, nachdem Sophie aufgelegt hatte, schrillte das Telefon abermals. Sophie stürzte zum Flur hinaus. Doch statt der Stimme ihrer Tante ließ sich die männliche Stalker-Stimme vernehmen. »Na? Wie lebt es sich so allein?«

Sophie lachte diesmal nur.

»Ach, Torsten. Lass doch die kindischen Rachespielchen. Ich weiß, dass du es bist. Und ich rufe die Polizei, wenn du noch ein einziges Mal anrufst.«

Ganz überraschend antwortete die männliche Stimme in völlig normalem Tonfall: »Also gut. Du hast gewonnen, Sophie. Aber gib zu, ich hab dich ganz schön auf Trab gebracht. Die Angst jedes Mal in deiner Stimme. Das allein war es schon wert, das Rachespielchen, wie du es nennst, gewagt zu haben. Du kennst doch Edgar Allan Poe und seine Story *Ein Fass Amontillado*? Mein Motto ist das gleiche wie das seines Protagonisten Montresor …«

»Ich weiß, ich weiß«, fiel ihm Sophie ins Wort: »Niemand verletzt mich ungestraft.«

»Nemo impune me lacessit«, sagte Torsten Blessing.

»Angeber«, erwiderte Sophie. »Mit deinem Latein hast du schon immer geprahlt, und nicht nur damit. Und du weißt, dass Montresor sich alles nur eingebildet hat? Dass ihn niemand verletzt oder gedemütigt hat? Er hatte diesen Verfolgungswahn. Paranoia. Wie du auch. Er war ein Psychopath. Genau wie du.«

Ungerührt antwortete die Stimme am anderen Ende: »Meinetwegen. Aber der Angeber, der Psychopath hat eine andere Frau getroffen. Das wollte ich dir nur sagen. Und dir danken. Wenn du die Beziehung nicht beendet hättest, hätte ich meine Frau fürs Leben nicht gefunden.«

»Dann viel Glück mit der Frau fürs Leben, Montresor«, sagte Sophie und legte auf.

Sie ging ganz ruhig in ihr Lieblingseck am Fenster, sah hinaus. In den gegenüberliegenden Gärten blühten die Sommerstauden: Phlox, Jasmin, Weigelien und Schmetterlingsbüsche.

Das alte Ehepaar, das ein paar Häuser weg wohnte, überquerte in schwerfälligem Wackelgang die Straße, Arm in Arm. Wie Philemon und Baucis, das alte, ewig verliebte Paar aus der Antike, dachte Sophie ein bisschen wehmütig.

Sophie dachte an Torsten Blessings Worte. Er würde sie nie wieder belästigen. Er hatte ja die Frau fürs Leben gefunden. Sie seufzte erleichtert.

Sie ging durch den Flur zur Küche und schaute dabei auf das Telefon, als sei es ein gefährliches Tier. Du wirst mir die Ruhe nicht mehr rauben, du Monster, du.

Sie bereitete sich einen schwarzen Tee mit viel Milch, trug das kleine Tablett in ihre Lieblingsecke. Sie verschränkte die Arme über dem Kopf, legte die Füße auf die Fensterbank.

Das Telefon klingelte.

Aber nun ist es Tante Charlotte. Sie hat Neuigkeiten von der Villa. Von ihm. Aber es war ihm ja nichts passiert. Trotzdem.

Beinahe wäre sie über Daphne gestolpert, die beleidigt die Krallen ausfuhr und fauchte.

Die Männerstimme hauchte: »Nun ist mein Werk bald vollbracht.«

Ein Hüsteln.

Dann ein Knistern und Knacken in der Leitung. Nein, das war nicht mehr Torsten Blessing. Es war der andere, die andere Stimme. Sophie hatte damit nicht mehr gerechnet.

Und nichts war gut.

28. Kapitel | Das Eishaus

Charlotte war lange nicht im Fürstenlager gewesen. Die »Sommerfrische« für die hessischen Adligen und deren Gäste, darunter auch Vertreter des russischen Zarenhauses Romanow und der englischen Aristokratie, faszinierte Charlotte immer wieder aufs Neue. Und das, obwohl oder gerade weil der Park kürzlich Schauplatz dramatischer Ereignisse geworden war?

Der morbide Charme eines Kurbads war überall spürbar, und wie bei einer Reise in die Goethezeit fühlte sie sich, als sie mit Puck an der Leine am späten Nachmittag die Lindenallee hochging, vorbei am Roßbach, dem Schwanen- und dem Ententeich, dem Fremdenbau und Kavaliersbau hin zum »Dörfchen« mit seinen Wirtschaftsgebäuden.

Eine magische Kraft hatte Charlotte zu diesem Ziel hingezogen. War es Neugier, Sensationslust, die sie so gerne bei anderen tadelte und über die sie sich erhaben fühlte? Wie selbstgerecht sie doch oft war.

Ein Frauenmord war hier geschehen. Und nun noch dieser Einbruch in die Vonderheidsche Villa und die tote Haushälterin.

Ferdinand hatte wenig erzählt, als er am Vorabend müde und sehr erschöpft vom Kommissariat heimgekommen war, wo er mit seinem Freund und Nachfolger Gregor Weingartner viele Stunden lang zusammengearbeitet hatte.

Mehr als die Funktion eines kollegialen Beraters stand Ferdinand jedoch nicht mehr zu, das wusste Charlotte. Der pensionierte Kripochef war außerdem zu Stillschweigen verpflichtet und durfte im häuslichen Kreis nicht allzu viel verlauten lassen. Doch dann hatte er Charlotte doch noch die eine oder andere Information gegeben.

Es gab nun definitiv Ergebnisse, was die Verbrechen an den Frauen im Fürstenlager und in Darmstadt betraf. Bei beiden Opfern waren identische Täterspuren nachgewiesen worden. Doch es gab keinen gemeinsamen Schnittpunkt, der auf einen Serientäter hätte schließen lassen. Waren die beiden Frauen lediglich Zufallsopfer und nur zur falschen Zeit am falschen Ort gewesen? Oder hatte der Mörder seine Opfer bewusst ausgesucht, vielleicht vorher schon durch Stalking belästigt? Die Frauen waren nicht sexuell missbraucht worden, so viel stand fest, auch dies eine Gemeinsamkeit in beiden Fällen. Und nun die Tote in der Villa. Ein Raubmord, wie könnte es anders sein? Ein bei der Tat ertappter Dieb, der zuschlug, um der Enttarnung zu entgehen. Im dritten Mordfall stand das Ergebnis der DNA-Analyse noch aus.

Ferdinand hatte angedeutet, dass es einige Widersprüchlichkeiten gab, was den Mord in der Villa betraf.

Wo waren die Fußspuren in regennasser Erde? Weshalb waren die gestohlenen »Pretiosen« weniger wertvoll als andere Gegenstände, die der Einbrecher ignoriert hatte? Waren die Objekte wahllos mitgenommen worden? Und warum? Das war untypisch für ein Diebstahlsdelikt.

Für großes Erstaunen sorgte Ferdinands Erwähnung eines weiteren Mitbewohners der Villa. Von einem Bruder hatte Gabriel Vonderheid bei seinem Besuch vor einigen Tagen nichts erwähnt.

Ein behinderter Bruder, ein Sonderling, über den Gabriel Vonderheid eine schützende Hand hielt?

Noblesse oblige. Das adelt und ehrt ihn, diesen Auftraggeber meiner Nichte, dachte Charlotte.

Ja, es war etwas Vornehmes um diesen Architekten, der Mutter und Bruder nicht abschob in ein Altenheim, in die Psychiatrie.

Eine Aura von Noblesse umgab ihn, und kein Wunder, dass Sophie sich in ihn verliebt hatte, der um so vieles älter war als sie selbst.

Charlotte befand sich nun oberhalb des Wirtschaftsgebäudes des Dörfchens. Sie blickte auf die ehemalige Konditorei, den Küchenbau, die Schmiede, den Prinzen- und Damenbau und das wunderhübsche Weißzeug-Häuschen.

Das Weißzeug-Häuschen. War hier nicht die Frauenleiche gefunden worden? Eine Hundebesitzerin wie sie, und der Verrückte hatte seine Mordlust nicht nur an der Besitzerin, sondern auch an dem armen Tier ausgelassen. Nur ein Sadist tut so etwas. Von Ferdinand wusste sie, dass das Hundehalsband, mit Diamanten besetzt, immer noch vermisst wurde. Das hatte der Ehemann der Ermordeten zu Protokoll gegeben. Puck zog heftig an der Leine, und für kurze Zeit ließ Charlotte ihn frei. Er hatte keinen Jagdtrieb. Im Alter hatte er diesen Instinkt verloren. Er würde nicht weglaufen. Schön, dass man hier in dem schönen weitläufigen englischen Landschaftsgarten Hunde mitnehmen konnte, anders als in den meisten abgezirkelten Parkanlagen.

Charlotte war eine von wenigen Besuchern, denn die große Hitze hielt die Leute vom Promenieren ab. Nur ein älteres Ehepaar mit einem weißen Pudel und ein junges Pärchen mit einem kurzatmigen Mops waren ihr bisher begegnet.

Da vorne ging ein einzelner Mann, doch er war kein Hundebesitzer. Er bewegte sich in Richtung Eiskeller. Diesen höhlenartigen Bau hatte Charlotte immer schon kurios gefunden.

Dem Icehouse der englischen Adelssitze und Herrenhäuser ähnlich, hatte der Eiskeller früher mit seinem sorgfältig isolierten Eis zum Konservieren von Lebensmitteln für die Versorgung der adligen Sommerfrischler gedient.

Der Mann, schmächtig und schon älter, bewegte sich seltsam schlurfend. Seine große Umhängetasche schien ihn zusätzlich zu belasten. Merkwürdig. Er verlangsamte die Schritte, blieb vor dem Eishaus stehen, legte die Umhängetasche ab.

Vielleicht wollte er sich ausruhen.

Pinkelpäuschen? Diskret entfernte sich Charlotte mit Puck.

Vielleicht würde sie es noch zu der Stelle schaffen, von wo aus man so schön zur Kalmit rüberschauen konnte. In ihre geliebte Heimat, die Pfalz, wo sie Kindheit und Jugend verbracht hatte. Heimat für immer, unauslöschlich, auch nach all den Jahren in der rechtsrheinischen »Diaspora« von Kurpfalz, Bergstraße, Odenwald, Südhessen, wohin es sie nach dem Studium verschlagen hatte und wo sie hauptsächlich dank ihres Berufs einfach hängengeblieben war.

Sie schaute sich noch einmal um, doch der Mann mit der Umhängetasche war verschwunden.

Als sie zuhause ankam, war Ferdinand gerade vom Kommissariat heimgekehrt.

»Stell dir vor, Gabriel Vonderheids Bruder ist spurlos verschwunden. Er hat die zwei Polizisten überlistet, die heute in der Villa weiter nach der Tatwaffe gesucht haben.«

»Überlistet nennst du das? Dann kann er ja nicht so ganz und gar geistig zurückgeblieben sein«, entfuhr es Charlotte. »Gibt es einen Anhaltspunkt, wohin er ausgebüchst ist?«

»Vonderheid schien sehr verstört zu sein. Sehr beunruhigt. Und er erwähnte das Fürstenlager. Sein Bruder hält sich dort gerne auf, wie er aussagt. Seit seiner Kindheit schon.«

Der Mann mit der Umhängetasche, ging es durch Charlottes Kopf. Aber nein, das sind Hirngespinste meinerseits. Ein purer Zufall. Ich werde schweigen. Ich kann doch einen harmlosen älteren Spaziergänger nicht in Verdacht bringen.

Außerdem hatte Charlotte ein schlechtes Gewissen, dass sie ihrem Lebensgefährten nichts gesagt hatte von ihrem Ausflug in diese »Gefahrenzone«, das Fürstenlager, und nach Bensheim gefahren war. Ferdinand hätte es ihr schlichtweg verboten, Puck ausgerechnet dort spazieren zu führen. Also schwieg Charlotte.

Doch unterschwellig blieb ein schlechtes Gewissen, ein Gefühl von Unsicherheit.

Und ein anderer Gedanke wollte ihr nicht mehr aus dem Kopf gehen. Wo war ihr vor einiger Zeit schon einmal ein Mann mit einem seltsamen Gang aufgefallen? Es war ihr entfallen.

Mein Gedächtnis. Ich werde älter, dachte Charlotte. Es sind nicht nur die grauen Haare, sondern auch die grauen Zellen. Die einen nehmen zu, die anderen ab. Vermaledeites Älterwerden.

»Komm, lass uns zusammen gemütlich zu Abend essen, Liebling«, rief Ferdinand von der Küche her. »Ich richte uns was Schönes, und du kannst derweil den Tisch decken. Heute Abend werden wir den Fall nicht mehr lösen.«

Dann fragte er noch: »Warst du mit Puck heute länger unterwegs?«

Charlottes Herz blieb fast stehen.

Sie versuchte, heiter zu klingen: »Für Puck war es bestimmt nicht lange genug.« Ferdinand Guldner stellte keine weiteren Fragen, und zum Glück war damit das Thema beendet.

Charlotte atmete erleichtert auf. Sie hatte nicht lügen müssen.

29. Kapitel | Die Farbe Rot

Dr. Anja Kaffenberger, die junge Gerichtsmedizinerin, beugte sich über den Toten, der vor der Grotte lag.

Es wurde nun allmählich dunkel, und die Umrisse der Odenwaldhügel rund um die Parkanlage zeigten gespenstische Ränder, ein wenig ausgezackt und von den letzten Strahlen der untergehenden Sonne rötlich durchleuchtet wie mit einer Lampe, die in den Wolken versteckt war.

»Genickbruch durch Sturz«, stellte die Pathologin kurz und bündig fest. »Der Mann ist seit ungefähr zwei Stunden tot, würde ich behaupten.«

Sie reichte Gregor Weingartner die leere Umhängetasche, die neben dem Toten gelegen war.

»Was wollte er nur hier?«, fragte der Kripochef.

Rot war die vorherrschende Farbe, das hätte ein Vorbeigehender bemerken können: das rote Lockenhaar der jungen Frau, die wie vom Sturm zerzauste graurote Haarpracht des Kriminologen, das Rot der Wolkensilhouette. Das rote Rinnsal am Arm des Mannes, das von einer Verletzung herrührte, die er sich wohl beim Stürzen zugezogen hatte. Das Rot, das aus der schlimmen Kopfwunde gequollen war.

»Was wollte er nur hier?«, fragte Gregor Weingartner mehr zu sich selbst als zu der jungen Ärztin, die neben dem Toten kniete und seine schmalen Schultern anpackte, um ihn umzudrehen.

Dabei schaute sie in sein Gesicht.

Sie strich sich eine rote Locke aus der Stirn.

»Er sieht aus, als würde er lachen. Unheimlich. Ein Fratzengesicht.«

»Wir müssen den Bruder benachrichtigen«, sagte Weingartner. Und er gab seinem jungen Assistenten Carsten Bickel die Telefonnummer des Architekten durch.

»Und veranlassen Sie, dass das Zimmer des Toten in der Villa noch einmal genauestens untersucht wird.«

»Sie glauben an keinen Sturz? Keinen Unfall?«, fragte Anja Kaffenberger.

Der Kripochef antwortete nicht.

Er schaute in die Ferne, wo die untergehende Sonne ein letztes Mal die bizarren Baumsilhouetten zum Strahlen brachte.

»Schön ist es hier, trotz alledem«, sagte er völlig unvermittelt.

Die Kuppel des Freundschaftstempels auf dem nahen Hügel über der Herrenwiese, stummer Zeuge von Tod und Vergänglichkeit, leuchtete in der Dämmerung in Gold und Weiß.

30. Kapitel | Lebensmuster

Sophie war gerade dabei, dem Gemälde den letzten Schliff zu geben, wie sie es nannte, wenn sie eine Restaurationsarbeit der Vollendung entgegenbrachte. Intensive Arbeit: wie immer schon ihre beste Ablenkung. Und eine Ablenkung brauchte sie dringender denn je zuvor. Der Raubmord in der Villa. Der neuerliche Anruf des Stalkers.

All die Lebens- und Liebeskrisen hatte sie bisher dank geradezu besessener Arbeit meistern können. Und hier in ihrem Atelier fühlte sie sich beschützt, unantastbar.

Zunächst war ihr das Klingeln entgangen, doch als es penetrant immer weiter schellte, hielt sie inne mit ihrer Arbeit.

Sie ging zur Eingangstür, schaute durch das Guckloch. Ihr Herz klopfte wie wild. Sie atmete auf.

Es war Gabriel Vonderheid, und erleichtert öffnete Sophie. Sie beteuerte, wie geschockt sie noch immer von der Mitteilung über den Einbruch und den Todesfall in der Villa war, und sie entschuldigte sich wegen ihres Aufzugs. Sie war voller Farbe, ganz verdreckt. Sie begann ein wenig zu stottern. Wäre sie am Tisch gesessen, hätte sie imaginäre Krümel vom Tischtuch gewischt.

»Das Gemälde ist so gut wie fertig, nur noch ein kleines Stück … am Mund … Ihrer Mutter. Da ist noch eine klitzekleine Kleinigkeit …«

Gabriel Vonderheid trat in die Wohnung, schloss die Tür hinter sich.

Erst jetzt bemerkte Sophie, wie aufgewühlt der Mann wirkte, den sie als beherrscht und zurückhaltend kannte.

Sophies Gefühl der Erleichterung wich einer großen Verunsicherung, als ihr Auftraggeber beharrlich schwieg.

»Wollen wir … wollen wir uns das Gemälde zusammen angucken?«, schlug Sophie vor.

Diese Stummheit, dieses beharrliche Schweigen irritierte sie, ängstigte sie auf einmal. Unwillkürlich überrieselte sie eine Gänsehaut. Sie fühlte Eiseskälte in sich hochsteigen. Lähmende Angst vor diesem Besucher, der todesbleich und verstört vor ihr stand. Sie ging dem unerwarteten Besucher voran, öffnete die Tür zum Atelier.

»Meisterlich«, sagte Gabriel Vonderheid. »Und Sie haben die Seele meiner Mutter erfasst. Die Augen, der Mund. Ja, das war sie, herrisch und grausam. Sie konnte nicht anders. Warmherzigkeit war ihr fremd, immer schon. Doch ich konnte damit umgehen, eine solche Mutter zu haben, während …«

Sophie ließ ihren Besucher nicht ausreden. Voller Ungeduld unterbrach sie ihn: »Wer hat das Bild zerstört?«

Die Frage war schon lange überfällig.

»Er war es. Mein Bruder. Emil. Er hatte immer wieder diese Tobsuchtsanfälle. Es begann schon in seiner frühen Jugend, in seiner Kindheit. Sein Zustand wurde immer schlimmer. Man hätte ihn einweisen müssen, unsere Mutter hätte es gewiss getan, wenn da nicht das ungeschriebene Gesetz der Familienehre gewesen wäre. Da war vor allem seine Hassliebe. Sein Hass auf Frauen, vor allem auf dominante Frauen wie unsere Mutter. Aber auch Ehrfurcht, Bewunderung, gepaart mit Angst. Eine tödliche Mischung. Dann sein Hass auf alle Frauen, die in meine Nähe kamen. Er hatte Angst, sie würden mich beeinflussen, ihn in eine geschlossene Anstalt einzuweisen. Auch meine Frau bekam das zu spüren. Als sie tödlich verunglückte damals, reagierte mein Bruder mit unverhohlener Freude und Erleichterung. Wissen Sie, Frau Dahm, dass ich Ihre Telefonadresse, Ihre Adresse in seinem Zimmer fand? In seinem Geheimfach. Da lag auch das Hundehalsband, mit Diamanten besetzt.«

»Der Mord im Fürstenlager«, hauchte Sophie. Sie war fassungslos.

»Ja, das war er. Und auch das Diebesgut fand ich im Geheimfach des Schreibtischs. Einiges davon zumindest …«

Er schwieg.

Sophie schüttelte ungläubig den Kopf.

»Es war ein fingierter Einbruch. Lisaweta hat ihn erpresst, das erfuhr ich aber erst, als ich …«

Schon wieder war es ihm unmöglich, den Satz zu vollenden.

»Die Anrufe«, sagte Sophie. »Das war er. Er und ein anderer, aber das hat sich geklärt. Der andere war mein ehemaliger Freund, der mir einfach nur einen üblen Streich spielen wollte. Aus gekränkter Eitelkeit. Ein Rachespielchen. Harmlos im Vergleich zu … zu Ihrem Bruder. Er drohte mir, dass es mir erginge wie den anderen Frauen.«

»Die beiden waren Zufallsbegegnungen, wie es scheint, die bedauernswerten Frauen in Darmstadt und in Bensheim. Aber Sie hatte er regelrecht auserwählt. Es war nur eine Frage der Zeit, dann hätte er auch Sie …«

Gabriel Vonderheid hielt inne. Er wagte es kaum, Sophie anzuschauen, die beide Hände vors Gesicht schlug, und dann fuhr er fort: »Aber Sie können beruhigt sein, er wird Ihnen nun nichts mehr anhaben können.«

Nun sah er ihr direkt in die Augen, und sie wusste, dass ihre Intuition sie nicht getäuscht hatte. Sie war nicht sehr erstaunt, als sie die Worte hörte: »Er ist tot. Ich habe geahnt, wohin er geflohen war. Im Fürstenlager hatte er sich schon als Kind, als Jugendlicher versteckt, wenn etwas schiefging. Wenn er Kummer hatte. Wenn unsere Mutter ihn zurechtwies. Ihn züchtigte. Und wie sie ihn züchtigte! Sie wollte das Böse aus ihm herausklopfen. Sie merkte nicht, dass es das Böse war, das sie selbst in sich trug, das sie auf ihn übertragen hatte. Er war ihr Sohn, ganz und gar. Böse, grausam und ohne Gewissen. Vor allem aber cholerisch und unberechenbar. Er hat den Hund, den er eigentlich liebte, vergiftet. Aus einer Laune heraus. Er war ihm plötzlich lästig geworden. Pollux starb einen qualvollen Tod damals. Ich wollte es selbst nicht wahrhaben, einen solchen Bruder zu haben. Eine solche Mutter. Teil einer solchen Familie zu sein. Denn in unserer Familie mütterlicherseits liegt etwas Krankes, das sich durch die Generationen zieht. Ich habe unsere Familiengeschichte gründlich studiert und bin auf einige Vorfahren gestoßen, deren Psyche der meiner Mutter und meines Bruders erschreckend ähnelte. Nicht immer formen die Verhältnisse das Wesen eines Menschen. Davon hat mich meine eigene Familie überzeugt. Aber ich habe geschwiegen. Erduldet. Beschützt. All die Jahre. Das war ich unserer Familienehre schuldig. Vor allem aber meiner eigenen Ehre.«

»Gab es keinen Vater, der all das … ausgeglichen hätte?«, fragte Sophie. »Sie haben nie einen Vater erwähnt.«

»Unser Vater starb, als wir noch Kinder waren. Ich war erst fünf Jahre alt bei seinem Tod. Das war 1957. Trotz seiner schweren Kriegsverletzung lebte er noch einige Jahre, aber er war immer leidend. Ein Lungensteckschuss, so hieß es. Ich erinnere mich nur schemenhaft an ihn als einen sanften Mann mit tieftraurigen dunklen Augen, der immer in dicke Decken eingehüllt auf dem Sofa lag und schwer atmete. Mein Vater starb, und danach gab es immer wieder Männer in unserem Haus. Die ›Onkels‹ kamen und gingen.«

Gabriel Vonderheid schwieg eine Weile, dann fuhr er fort: »Ich habe mich immer gefragt, wieso meine Eltern ein Paar sein konnten. Aber Gegensätze ziehen sich bekanntlich an. Und meine Mutter war eine ungemein schöne Frau.«

»Ich verstehe«, sagte Sophie.

»Ja, ihr … unbeherrschtes, ich möchte sagen, böses Wesen hat sich erst im Lauf der Ehe gezeigt, denke ich.«

Es entstand eine kleine Pause, dann fuhr Gabriel Vonderheid fort: »Aber nun zu meinem Bruder. Ins Fürstenlager zog es ihn, zum Tempel der Prinzen Ludwig und Emil. Mit Emil identifizierte er sich, weil er zufällig seinen Namen trug. Es war ein Spleen, er hat sich in diese Rolle hineingesteigert. Eine Obsession. Nur: Er war der ungeliebte Emil, anders als sein adliger Namensvetter. Zum Freundschaftstempel zog es ihn immer wieder hin. Und zum Eiskeller. Dort oben, am Eishaus, habe ich ihn angetroffen. Er hatte einige Gegenstände bei sich, die er dort verstecken wollte. Die nicht ins Geheimfach gepasst hatten, wie er behauptete. Er war völlig verwirrt. Er musste um seine aussichtslose Situation gewusst haben, doch er spielte den Klugen, der die Polizei überlistet hatte. Der Bronzehund war unter den Sachen, und ein großer Kerzenleuchter, die Tatwaffe. Damit hat er Lisaweta erschlagen. Er hat sich damit gebrüstet. Ich habe ihm den Mord auf den Kopf zugesagt, ein wenig spekulierte ich, auch einen Trick habe ich angewendet. ›Den Mord in Darmstadt, den hast du aber nicht begangen.‹

Ich hatte richtig spekuliert. Ich packte ihn bei seinem verqueren, seinem kranken Stolz. Den Ehrgeiz des Psychopathen, ernst genommen zu werden, hatte ich hervorgekitzelt.

›Du traust mir das nicht zu, oder?‹

Und er schilderte mir im Detail, was damals in Darmstadt passiert war. Kein Plan stand dahinter. Das Opfer war zur falschen Zeit am falschen Ort gewesen, ebenso wie die Hundebesitzerin, die bedauernswerte Frau im Fürstenlager.

›Und Lisaweta‹, habe ich gefragt. ›Die hat dich überrascht, als du …‹

Da antwortete er: ›Sie hätte mich nicht erpressen sollen. Sie meinte, sie sei schlauer als ich.‹

Da erst wurde mir klar, dass der Einbruch fingiert war. Das Ziel war Lisawetas Tod gewesen, der Einbruch nur Camouflage. Als ich ihm ganz ruhig klarzumachen versuchte, dass er keine Chance hatte, dass die Polizei ihn festnehmen würde, rastete er aus. Er hatte damit gerechnet, dass ich ihn schütze, wieder schütze, wie schon ein ganzes Leben lang.

›Verräter. Brudermörder‹, schrie er, und in seiner Wut wuchsen ihm fast übernatürliche Kräfte. Es gelang ihm, dem schmächtigen Mann, mich zu würgen. Seine Hände legten sich wie ein Schraubstock um meinen Hals.«

Jetzt erst erblickte Sophie die dunkelblauen, fast schwärzlichen Flecke am Hals ihres Besuchers.

»Es gelang mir aber, ihn abzuschütteln, er stürzte, fiel mit dem Kopf auf einen Felsbrocken, der vor der Grotte lag. Er war sofort tot.«

»Warum sind Sie zu …?«

»Warum ich zu Ihnen gekommen bin? Anstatt … Können Sie es nicht erraten?«

Sophie war still ans Fenster getreten. Sie schaute hinaus. Das junge Pärchen mit dem hässlichen armen Mops überquerte, wie immer eng umschlungen, die Straße.

»Ihr Bruder hatte vielleicht kein deutliches Muster in der Auswahl seiner Opfer. Kein Mordmuster. Aber ich habe ein Lebensmuster.«

Sie sah Gabriel Vonderheid in die Augen, voller Traurigkeit, dann ging ihr Blick wieder zur Straße hinunter.

Das Pärchen mit Hund war verschwunden.

»Es wäre schön geworden mit uns beiden«, sagte der Besucher, und er fügte hinzu: »Wenn ich etwas bedaure, dann diese Möglichkeit, die ich zunichte gemacht habe.«

»Sie sind kein Mörder. Es war ein Unfall«, sagte Sophie.

»Sie glauben mir?«

»Gehen Sie jetzt. Ich will alleine sein.«

Sophie wandte sich ab, setzte sich an den Tisch des kleinen Erkers, wischte mit der Rechten imaginäre Krümel von der Tischdecke.

»Ich denke, in der Villa wartet man schon auf mich. Leben Sie wohl, Sophie«, sagte Gabriel Vonderheid mit einem Blick auf das Gemälde, das übermächtig auf der Staffelei des Ateliers stand, dessen Tür zum Wohnzimmer hin geöffnet war.

Die Frau auf dem Gemälde sah ihn aus kalten, blauen Augen an, und um ihren schönen, stark geschminkten Mund spielte ein grausames Lächeln. Ein merkwürdiges Gefühl überkam Sophie plötzlich.

Es war so etwas wie Mitleid.

Mitleid mit dieser Frau und ihren beiden unglücklichen Söhnen.

31. Kapitel | Opern

»Ein Sommerfest mit klassischer Musik im Fürstenlager, und das nach all dem, was hier passiert ist?«

Charlotte schob Ferdinand die Tageszeitung über den Frühstückstisch.

»Ja, nun ist die Angst gebannt. Die Bevölkerung weiß, dass die Morde aufgeklärt sind. Die Menschen vergessen schnell und wollen ihren Spaß haben. So ist das doch heutzutage, oder?«

Ferdinand, ganz und gar Realist, verstand Charlottes Einwand nicht.

»Aber wo bleibt die Pietät vor den Toten?«

Ein sommerliches Picknick im Park, von klassischer Musik umrahmt, ganz im Stil der Festspiele von Glyndebourne in Südengland, womöglich noch an den Tatorten? Opernklänge und Gruseleffekt?

»Was würde zu den dramatischen Ereignissen der letzten Wochen besser passen als Opernklänge?«, fragte Ferdinand. »Was ist Oper anderes als Musik gewordene Leidenschaft, das ewige Spiel um Liebe und Hass, um Rache und Tod. Wahnsinn. Obsession. Ehrgefühl. Eifersucht. Mord: *Tristan und Isolde, Rigoletto, Lucia di Lammermoor ...*«

»*Turandot, La Traviata, Othello*«, führte Charlotte die Liste der Opern weiter. „Ja, du hast Recht. Und das Leben muss weitergehen. Auch für Sophie.«

»Alexander hat sich übrigens angekündigt«, sagte Ferdinand.

»Alexander? Welcher Alexander?«

Charlotte war in Gedanken immer noch bei ihrer Nichte, der es nicht gut ging. Nein, momentan war nichts gut in Sophies Leben. Aber sie würde auch diese schwere Krise überstehen, dessen war sich Charlotte sicher.

»Alexander Hansen, mein Neffe aus Bremen«, sagte Ferdinand. »Er dachte, da er als Nordlicht unsere Gegend noch nicht kennt, wären ein paar Tage hier bei uns eine willkommene Ablenkung.«

»... von seinem Beziehungsdrama, verstehe«, seufzte Charlotte. »Noch einer also.«

Als könne er Gedanken lesen, fragte Ferdinand: »Wie nennen die Engländer diese Kummerkastentanten?«

»Agony aunt«, lachte Charlotte.

»Dann bin ich der *agony uncle*«, erwiderte ihr Lebensgefährte.

Charlotte wischte mit der rechten Hand imaginäre Krümel vom Tisch, und Ferdinand vertiefte sich wieder in seine Zeitung.

»Vielleicht sollten wir vier Tickets für das Sommerfest im Fürstenlager bestellen«, schlug Charlotte vor.

Ferdinand lächelte nur und nickte stumm.

Bibliographie:

Fürstenkinder. Porträts vom 16. bis 21. Jh. im Hause Hessen
Michael Imhof Verlag 2009
Hessische Hausstiftung Museum Schloss Fasanerie

Claudia Gröschel
Staatspark Fürstenlager, Edition der Verwaltung der staatlichen Schlösser und Gärten von Hessen, 1996

Hessische Staatskanzlei (Hrsg.)
Schlösser, Burgen, alte Mauern
Wiesbaden 1995

Hans Christian Andersen
»Die Schneekönigin« aus dem Band **Wintermärchen**
Arena-Taschenbuch 2008

Robert D. Hare
Gewissenlos. Die Psychopathen unter uns.
Springer Wien New York

Lilo Beil

Lilo Beil wurde im südpfälzischen Klingenmünster geboren. Die Pfarrerstochter verbrachte Kindheit und Jugend in Dielkirchen bei Rockenhausen und in Winden bei Landau. Ab 1966 studierte sie in Heidelberg Romanistik und Anglistik. Sie unterrichtete von 1972 bis Januar 2008 an der Martin-Luther-Schule in Rimbach / Odenwald. Die Autorin hat drei Töchter und zwei Enkelkinder und lebt mit Mann und Hund im vorderen Odenwald.

Seit frühester Jugend interessierte sich Lilo Beil für Literatur und Kunst. Ihr liegt, sagt sie, das Satirische, aber es finden sich in ihren Geschichten genauso romantische und nostalgische Elemente, Spannungsmomente und die kritische Auseinandersetzung mit Geschichte und Gesellschaft. Gelobt wird außerdem immer wieder die klare, sorgfältige Sprache.

1997 erschien »Maikäfersommer – Eine Pfälzer Kindheit in den 50er Jahren« im Verlag Pfälzer Kunst/Dr. Blinn. Weitere Erfolge wie die Aufnahme ihrer Kurzgeschichte »Der Nussknacker« in eine Anthologie des Rowohlt-Verlages ermutigten Lilo Beil. 1999 veröffentlichte sie unter dem Titel »Sonnenblumenreise« Geschichten für Reisende und Nichtreisende; 2002 folgte der Krimiband

»Heute kein Spaziergang. 43 Krimigeschichten«. 2005 erschien ihre Geschichtensammlung »Schattenzeit«. 2006 folgte eine zweite Ausgabe »Maikäfersommer und andere Geschichten aus Pfalz und Kurpfalz« in der Edition Tintenfaß. 2010 erschien die erweiterte Taschenbuchausgabe »Maikäfersommer – Kindheitsgeschichten« im Conte Verlag. Kommissar Gontard ermittelte erstmals 2007 in »Gottes Mühlen«, 2008 und 2009 folgten »Das Licht unterm Scheffel« und »Die schlafenden Hunde«, 2011 »Die Nacht der grauen Katzen«, 2012 »Die Mauern des Schweigens«, 2014 »Das gläserne Glück« und 2015 »Die Reise des Engels«. 2010 erschien der Non-Gontard »Die Kinder im Brunnen« und 2013 »Mord auf vier Pfoten – 22 tierische Krimigeschichten«. Zuletzt erschienen 2016 der Krimi »Vielleicht auch träumen« und 2017 der Krimi zum Luther-Jahr »Ein feste Burg«. Im Übrigen beteiligt sich Lilo Beil an zahlreichen Anthologien mit Kurzprosa – Krimis und Nicht-Krimis gleichermaßen – und mit Gedichten. So ist sie in mittlerweile fünfzehn Anthologien des Wellhöfer Verlages vertreten.

Lilo Beils Krimis im Conte Verlag

Lilo Beil

Die schlafenden Hunde

Kommissar Gontards dritter Fall

194 Seiten
ISBN 978-3-936950-87-8
9,90 €

Ein Kriminalroman, den man schon nach den ersten Zeilen nur noch schwer aus der Hand legen kann.
Weinheimer Nachrichten / Odenwälder Zeitung

Lilo Beil

Die Nacht der grauen Katzen

Kommissar Gontards vierter Fall

202 Seiten
ISBN 978-3-941657-28-1
11,90 €

Die Autorin wagt, was viele umgehen oder verharmlosen: die direkte Auseinandersetzung mit den Täterinnen und Tätern der Nazizeit.
Neue Wetzlarer Zeitung

Lilo Beils Krimis im Conte Verlag

Lilo Beil
Die Mauern
des Schweigens

Kommissar Gontards fünfter Fall

210 Seiten
ISBN 978-3-941657-60-1
11,90 €

Trotz des hohen Unterhaltungswerts steht die Botschaft des Buches deutlich im Raum. Geschieht Unrecht, gilt es, ›Die Mauern des Schweigens‹ zu durchbrechen. Die Rheinpfalz

Lilo Beil
Die Kinder
im Brunnen

204 Seiten
ISBN 978-3-941657-10-6
11,90 €

Dieser packende und bis zum Schluss spannende Krimi geht unter die Haut.
Marburger Neue Zeitung

Lilo Beils Krimis im Conte Verlag

Lilo Beil

Das gläserne Glück

252 Seiten
ISBN 978-3-95602-012-4
11,90 €

Es ist wie meistens bei dieser Autorin, man liest einen unterhaltsamen, lebensklugen Krimi, die besondere Note gibt dem Buch aber erst die kritisch reflektierte Zeitgeschichte.
Mannheimer Morgen

Lilo Beil

Die Reise des Engels

200 Seiten
ISBN 978-3-95602-054-4
11,90 €

Beil verknüpft in diesem Krimi das Kolorit von drei Epochen zu einer gelungenen Mischung aus Spannung und Zeitgemälde.
Weinheimer Nachrichten

Lilo Beils Krimis im Conte Verlag

Lilo Beil
Vielleicht auch träumen

170 Seiten
ISBN 978-3-95602-086-5
11,90 €

Einmal mehr stellt die Schriftstellerin in ihrem neuen Roman ihr besonderes Gespür für die Menschen und ihre Eigenarten unter Beweis.
Rhein-Neckar-Zeitung

Lilo Beil
Ein feste Burg

188 Seiten
ISBN 978-3-95602-112-1
11,90 €

Besonders macht diesen Krimi erneut die literarische Gestaltung: Lilo Beil, die den Roman als eher unkonventionellen Beitrag zum Luther-Jahr versteht, strukturiert ihn gekonnt mit christlichen Motiven und Symbolen …
Mannheimer Morgen